陈振濂学术著作集

空间诗学导论

陈振濂 著

上海书画出版社

总　序

陈振濂

　　上海书画出版社社长王立翔兄提出构想，要对近三十年来书法的学术理论研究进行一轮大规模的整理与重建。作为行动之一，是使新时期初曾经叱咤风云、滋生了当代书法美学新学问新气象的《书法研究》复刊，为当代书学理论的飞速发展，及时地提供了一个崭新的、又历史悠久的新空间新领地。我在中国书协分管学术研究工作，对这一重大举措当然是十分赞成。一个出版社，在今天物欲横流、又以经济效益做取舍的"利润的时代"，却独自承担市场风险，甘愿为学术研究付出自己的努力，这样的决策和这样的前瞻性，对我们而言是十分企盼、求之不得的。与王立翔兄相交近二十年，从古籍出版社到书画出版社，眼看着他辛勤耕耘，高屋建瓴，开疆拓土，风生水起，心中自然为他、也为书法学术研究遇到一个好时代而由衷地高兴！

　　从去年开始，王立翔兄就提议，当代三十年中若论书法理论成果与业绩，"陈振濂旋风"是一个不可忽视的重要的标志性的存在，故而应该加以整理与概括，让过去的书学家引出些温暖珍贵的回忆；让今后的年轻书学后辈能充分了解我们从哪里来、今后还可以往哪里去。因此动员我在繁忙的公务、教务和学术艺术活动中，抽出相当的时间来整理旧著，形成一个"陈振濂学术著作集"序列，由上海书画出版社陆续出版。

这既可以配合市场之需，造福后人；也可以为书学史集聚一批有体系的成果留存于当世。

这样的构思当然极好。但因为我的社会公务工作十分芜杂，在大学的日常教学压力很大，自己又在艺术创作上也负担甚重；尤其是已经坚持了五年之久、准备通过十年完成的一部有价值的"代表作"——《当代书法史记》的创作大工程，坚持每日一记，耗费了大量时间。所以在王立翔兄有此建议之后，我也还是迟迟未能着手启动。拖沓年余，十分惭愧。到了 2017 年夏，再也拖不下去了，遂下定决心，踏踏实实从头做起：先收集已出版的旧书，又作编排，再逐册写出《新刊前言》，每篇约 3000 字，以某一个课题、一部旧著为契机，通过新撰《新刊前言》，对这一具体领域做一次三十年发展轨迹的梳理。在成批集中进行《新刊前言》撰稿过程中，我自己也经历了一次关于学术史的"洗礼"。三十年学术探索经历，对我而言，其中的迷茫、彷徨、犹豫、徘徊，不得其解的困惑，豁然开朗后的欣喜，现在想来，种种起伏抑扬，几乎伴随了我的前半生。

列入这个"学术集"的文字，都是在三十年以来，在不同时期、不同阶段、不同环境、不同针对面，以及不同写作目标的条件下产生的研究成果。在这次编辑过程中，我向出版社提出的唯一要求，就是保持原书原样。许多著述，反映或者说是代表了当时的认识水平和理论视野；三十年间，也许观察视野更开阔了，研究水平更全面了，但没有当时的筚路蓝缕，没有当时的新硎初试，没有当时的发愿发力，没有当时的绮丽想象，没有当时的雄伟蓝图，今天的学术发展就不会有这样的丰厚成就。之所以强调原汁原味，就是要告诉后来者，改革开放后新时期第一代书学研究的开创者们是怎么走过来的，他们当时想的是什么，他们曾经达到过什么样的高度、宽度与深度，他们的研究方法有哪一些时代特征，在今后，这些著作将会成为当代书学史研究不可或缺的基本素材和原始文献。这是从学术史上做出的一个考虑。

而从这些著述本身看，它们因其当时的开拓性努力而成为三十年间学习书法时的入门必读书和第一代成果。学书者要获得作为基础能力的各种专业知识和观点，必须先阅读这些书籍和论文以获得基本定位、思考起点和发言权，以使自己从外行进而转为内行。从这个意义上说，每一代都有初学者需要获取基本的专业知识，每一代研究学者都希望了解和把握前贤已有的成果以为再出发的起点；这样，这些已经横贯了三十年的学术成果就永远拥有稳定的代代传递的读者。今天新刊这些著作，也就是服务于当下的社会大众，服务于书画篆刻界和文艺界。从出版社的角度来说，这样的努力进取，可以呈现出应尽的文化责任和倡导，恢复书法中国书画篆刻等"诗书画印"传统文化的目标；而这样的持续推进，正是今天整个社会大力提倡树立中国文化自信、弘扬中华文明的需要。

更重要的是，在这套"学术集"中，除了专题性很强的各项研究著作以外，还有两套系列的书、画、篆刻三位一体的著述群。一是《品味经典》丛书，共十册。书法四册，中国画四册，篆刻两册，均统一体例，以学术札记方式对几千年来书、画、印的名品经典作了细致的展开与点题，还提出许多悬疑未解的学术问题以供后人深入研究。二是关涉书法、中国画、印三大门类的现代新型的专业高等教学程序与教学方法。即共分三册的《中国画形式美学的展开——大学中国画艺术形式与技巧的专业训练系统》《书法形式美学的展开——大学书法艺术形式与技巧的专业训练系统》《篆刻形式美学的展开——大学篆刻艺术形式与技巧的专业训练系统》。是关于书、画、印三门传统艺术除了纵向体系之外，还在横向的方法论应用上进行的大胆改革与创新。在近百年新学兴起，尤其是改革开放三十年之初，我们以中国古典的经典内容为旨归，以现代思维与现代逻辑作为方法论，以"训练"程序展开来代替"经验"授受，创造和总结出了一套有着科学检验标准的有形的教学方法。鉴于中国古代的书、画、印，在一个传统的经验架构中，一直缺少一种科学的自证和他证的含量；而这三部教程，则正是在这方面所做的有益尝试——推进美学新探索，建立教学新体系。

百年中国美术传统（包括教育传统）建立的历程，是一个"西学东渐"，甚至是全盘西化的过程。各大美术学院的从素描、色彩、速写、写生、石膏、人体、透视、解剖等分类课程进入基础训练，以及以油画、版画、雕塑、水彩、水粉艺术设计分科单设；即使在"中国画"一科中，也强调人物、山水、花鸟画分科教学，所有这些，即是一个不争的"西化"事实。在这样的背景之下，西泠印社反其道而行之，倡导"传统主导""东学西渐"；尤其强调诗、书、画、印一体综合，互为因果，互相辉映，并把它看作是树立中华"文化自信"的一个重要象征和标志。倘如此，则综合书、画、印的《品味经典》十册，和同样综合书、画、印的大学专业训练教程三册，作为整个学术集的一个重镇，对当代百年的书法、中国画、篆刻的现代发展，具有改变当代艺术史发展轨迹的最核心的价值和意义。

从开创学科的书法学、书法美学、书法史学、书法教育学、空间诗学、比较书法学、创作学等等的专题写作，再到诗、书、画、印综合一体的两大套丛书，当然还有诗词研究、中国画美学、篆刻史与美学、日本书法史和欧美相关历史……我希望这套"学术集"能真正勾勒出这三十年来中国书法理论和传统艺术理论发展历程的一个较具典型意义的重要侧面。倘如是，一部学术读物、教科书、学科著作，本就可以不朽；作为这个时代的历史理论文献，也足以传诸后世而不朽。当然，是否真的不朽，那就要取决于它本身拥有的品质，以及它在当下所发挥的影响力了。

　　——我十分忐忑地期待着来自业界的评判。

2017 年 7 月 17 日

草于古钱塘颐斋

新刊前言

陈振濂

我是在研究书法美学时,开始接触到"时间""空间"这一对美学范畴的。按常规理解:绘画、建筑、雕塑,应该是"空间"的、视觉造型的构筑;而音乐、舞蹈、诗词诵咏吟唱等等,则是"时间"的、靠时间流的延展和流动来完成欣赏的。当然,例外如舞蹈,也有视觉造型的元素,但从根本上说:没有时间流则不成其为舞蹈,就像没有时间流也没有影视的视觉映像图像呈现一样。在当时,这是一个常识。对关心美学、艺术哲学的青年学子而言,这些都是毋庸置疑的真理。

以此论书法,就作品而言当然是静态地供人观赏,是视觉艺术。但其汉字造型的笔顺运行又有一次性和不可逆性,"挥运之时"主要依靠时间延展来完成,故而就有了"书法的时间性"这一命题。其他视觉艺术如油画、版画、建筑甚至中国画,皆没有这一命题,至少在美学立场上是没有的,只有书法有。

如上所述,在西方诗歌吟诵是一个"时间"的艺术。西方古代从荷马史诗开始,到莎士比亚的十四行诗、诗剧,还有近代民国白话文新诗如闻一多、郭沫若、徐志摩、戴望舒,新中国成立后流行的苏联马雅可夫斯基的宝塔形诗,乃至进入新时代还在活跃的卞之琳，这是一个完整的序列。吟诵所费时间的起止前后，仍然是诗歌在表演时的基本生存要素：诗的修辞结构、音律节奏、意象呈现，都依赖于这个时间起止的客观物质规定性而取得有序的生命意义。

只有古典格律诗的情况，似乎不在此例。与物质的"时间"流动起止相比，中国古代格律诗词的语词对偶和对仗，却是单音节的汉语汉字独有而其他英、法、德、俄甚至日语等表音文字所不具备的。我当时有一个感悟：其实从汉大赋开始到六朝骈文，中国文学史从一开始起就建立起了一个上下对偶左右对称的四方空间稳定的文学形式表现传统。比如一首七律诗，有着时间流动起收始终的大结构；又因为有单音节语词（字）的"对仗"，于是就在两两对偶的语词组合之间，又有了一个个姿态各异的小结构。清人《声律启蒙》中有"云对雨，雪对风，晚照对晴空"，这个"对"字，就是方位，就是空间。就这样，一首诗是一个大构造，是大厦；而句式、对偶、诗眼、"练字"等等，构成了若干个小构造，它们是楼层门窗、四梁八柱。这样看来，一首格律好诗（词），就有了像建筑这样的层次丰富的"空间"感。可以说，没有单音节的汉字汉语，就不会有对仗，也就没有了构筑、没有了建筑式的空间意识。

于是，"空间诗学"作为一种新的分析视角，对已经成为常识的诗的美学定性，进行了一次学理上的彻底颠覆。适足以作为有力佐证的，是20世纪初英美"意象派"诗学的崛起。诗人埃兹拉·庞德提出，为了防止19世纪泛浪漫和泛抒情、多愁善感无病呻吟等欧美诗风弊端，必须参考中国古典诗歌短小简练的精凝意象，来组合自己的（英文）表现。庞德还有英译中国古诗集《中国》，其中采用的李白、柳宗元短诗意象极多；甚至他创作的英文长诗《诗章》，有意在字里行间多处夹嵌着汉字，以示遥远的东方神秘力量。而我正是在关注研究英美"意象派"之时，发现除了中国式的语词对仗之外，欧美诗人虽然并没有单音节汉语汉字易于对仗的文字介质优势和便利，但仍然顽强地通过"意象"来进行对仗对偶以求精练。这更告诉我们，其实无论中国还是英美的诗都是有结构、有"空间"构造能力的。语词构筑（中国古代）和意象构筑（英美当代）虽分属不同文化和语言载体，其理一也。

《空间诗学导论》正是在这样的背景下应运而生。借助于比较诗学刚刚兴起的1986年之际，我也正是三十岁青葱时代，思维活跃，精力充沛，想象力天马行空。竟只用15天一口气写了这13万字。从"诗的时空观"开始，讨论了"符号：人心营构之象"、意象空间与诗律；逐渐落脚到"诗的造型表现""形式极限"。其中涉及庞德作为人物角色、汉字之形、句式关系、"再造想象"结构主义文学、"内形式"、十四行诗与律诗、日本和歌俳句、声与义、画面感、线条与色彩肌理质感、"预成图式"、时空差等等。还有一个偶然因素：好像是在此之前我曾经写过一篇两万字论文《关于格律诗审美意象组合规律的初步研究》，曾作为该期首篇发表在上海文艺出版社《文艺论丛》第四辑上，归为学术声誉已被认可；故而此书作为特约书稿，以最快速度由上海文艺出版社1987年出版。多年后有一次去台湾"诚品书店"，翻到一部诗学研讨会论文集，其中列举改革开放后中国大陆比较诗学的成果，《空间诗学导论》或因其早出，而在20多种列举学术著作中竟位列第三，真是令人大喜过望。在大陆出版三十年并无什么特别反响（或许是不在诗学圈活动的缘故）；却在境外受此关注，诚可谓"有心栽花花不发，无心插柳柳成荫"。

有趣的是三十年后的2017年初，在新华书店，闲逛时忽然发现架上有一册新出的法国人写的《空间诗学》中译本，大为惊讶；难道是多年前我年轻时的想入非非，竟在三十年后的法国诗学家那里产生了"遥感"和共鸣？

因为与我几十年前的书同名，于是买来认真翻了一过，才知道"空间诗学"既可以用来论文学的诗，也可以用诗这个喻体来论同是空间的建筑。这证明，三十年前我们创造的"空间诗学"作为一个美学文艺学概念，其实拥有巨大的覆盖面和张力。

《空间诗学》为法国著名科学哲学家、诗人、艺术理论家加斯东·巴什拉（Gaston Bachelard）著，龚卓军、王静慧译。世界图书出版公司2017年出版。本来它是讨论建筑空间，与我的诗学空间完全不同；正是因为在某个学术聚集点上"同名"，擦出了如此耀眼的火花，不容我不对之追根寻底一番。

《空间诗学》为空间心理学经典之作，而且是建筑设计方面的必读书。其章节分布中有如下一些概念术语，如第一章：家屋，从地窖到阁楼，茅屋的意义；第二章：家屋与天地；第三章，抽屉、箱子与衣橱；其后则是巢、外壳、角落、微型、私密的浩瀚感、内与外的辩证、圆的现象学……完全是从空间的建筑形态出发。谓为建筑哲学，恐非妄语。但巴什拉的立足点，是针对建筑的实体空间而发，是以"空间意识"来引出他依据建筑而表述哲学思维的一次精彩尝试。

亦即是说，巴什拉是以诗为思维方法，而以建筑作为对象和喻体所进行的一种对建筑形式的"空间诗学"式思考。标题中"空间诗学"中的诗本身不是对象，这与我们的以空间观研究诗学、以诗作为比较文化的研究对象的视角正好相反。巴什拉的研究立场，是研究建筑中的空间，而"诗学"只是他的一种分析方法而已；而在我撰《空间诗学导论》中，"诗学"却是对象和目标；而"空间"思维才是方法论——莱辛《拉奥孔》指"诗"是"时间"的；而我基于理论分析的尝试路径，却认定"诗"可能是"空间"的——至少在我的这部著述中，"诗"是呈现出空间（即有方位的、构筑的）形态的。一代美学宗师宗白华先生说西方艺术的代表是建筑，中国艺术的代表是书法，这是至理名言。那么推衍一下：德国人莱辛以雕塑证"空间"而今天法国人巴什拉以建筑证"空间"，但都以"诗"为喻；而我希望作为中国学者，在西方学界普遍以"时间"论诗并已成常识之际，反过来尝试以"空间"论诗，追究"诗"中的建筑和雕塑的美学品性。其间标新立异的意图，反映出青年时期的我那种对学问的贪婪的渴望和少时不知天高地厚、思想没有禁区，万事都希望一试的勃勃雄心。

  还有一桩值得追忆的史事更是十分温馨。1986年，中国书画鉴定小组到杭州，启功先生驾临寒舍，曾应我之求，赐题"空间诗学导论"书名。先生循循善诱，慈祥和蔼，当时情境至今历历在目。是则本书粗疏稚拙如此而竟蒙启功老福泽及之，岂非湖上证缘之大雅事耶？

2018年10月12日

高铁赴郑州途中

编者与作者的对话

编者： 你原来是搞书法篆刻研究的，读过研究生，获得硕士学位；又专门从事书法教学工作，是什么机缘促使你开始搞文学研究，还如此迷恋地涉足比较诗学这一领域？

作者： 对于文学我的确是"客串"。要说最早的缘起，无非是受我家庭影响，小时候父亲的熏陶和教我写字画画的那些老前辈们精湛的古典文学修养，曾经使我入迷。故而我最早搞的论文差不多都是关于古典诗词文学方面的，对于西方诗和中国新诗并没有太大的兴趣。

随着在书法美学、中国画美学方面的涉足，更主要的是出版社为我出版《书法美学》《中国画形式美探究》等专著之后，我才对新的学术思潮花了点工夫研究。比较学方法的引进与被消化，其实也是以我在书法方面的研究活动为契机。当我译出了《日本书法史》之后，似乎顺理成章地想到应该在中日书法发生发展方面做一比较。发表出的一些论文与报纸专栏又出乎意料地受到欢迎，于是更有在文学方面跃跃欲试的心愿。1986年初，我应中国书法家协会邀请，在中国历史博物馆做了比较书法学方面的报告，引起较大反响。其后就"一发不可收拾"，热衷此道而无暇旁顾了。

编者： 听说你还是《光明日报》的专栏作家？曾为他们写了两年专栏稿？

作者：是的，当比较学方法为我所用时，几乎在我同时面对着的五个报纸专栏稿约中，都明显地反映出比较式的痕迹。当然，我很清醒地意识到，在《光明日报》这样的报纸上写专栏，以我30岁年龄来说未免显得太幼稚。我必须用生动的文笔和奇特的想象，还有丰富的类比来抓住我的读者。而要做到这一点，比较学方法是最理想的方法。在目前的学术气氛中，老气横秋地说与麻木不仁地叙述永远不会有读者，因为它绝对缺乏活力。

编者：我是否可以这样理解，这本书的积累并不是来自文学本身的积累，而是来自你在绘画、书法、篆刻研究成果的支持？

作者：文学上的积累当然也有。比如我曾在《文学遗产》《文艺论丛》上发表长篇论文，但那都是古典文学研究，对本书而言只是一个局部成果。我确实认为更重要的是我在艺术方面的涉足。文学艺术之间有着相近似的性格，而且它们在表面形式上的不同很可能为我们提供崭新的思考线索。比如我在对中国画与书法的空间性格进行理论上的确认时，我自信它们是可视的、客观存在的；但当我发现它们之间还有一种深层的时间推移序列存在时，曾经为这种新收获感到振奋。这种收获迫使我反过来对诗作同样的剖析：在时间推移这一文学基本性格确立的同时，诗有没有也属潜在的深层的空间性格？也许正是这么一个偶然冲动，构成了我这本书的最初撰写理由。

当然，这一构想也是由浅入深的。有趣得很，在最早的论文《论贺铸词的技巧特征》时，我只看到词中意象有并列功能这一现象；其后在《关于格律诗意象组合规律的初步研究》中，我发现了这是一个实实在在的结构——意象结构，但还只限于从技巧范畴去解释它。直到这本书中，我才把它理解为一种空间：与时间相对的空间，并从中国文论、西方文论；格律诗、现代派诗、新诗、英文的诗剧、日本的和歌俳句等各个方面去证明它的存在。三者相比，在认识程度上，显然是逐渐上升的。当然，证明的范围也在扩大：从单一的技巧研究转向以语言学、哲学、美学为基础的全范围研究。

编者：那么，你是否认为目前这本书的标题已显示出几年来关于这一课题思考的制高点已经确立？

作者：关于"空间诗学"这个题目，我自信还是能够表达我对这一课题的最后看法。当然，诚如在本书第一章中所表现出的那样，作为"空间诗学"的潜在针对对象，是莱辛的观点。但我并不满足这样的针对性。因为关于诗画的判断结论已太陈旧，今人如朱光潜、钱钟书等前辈对它已有许多批评，我再这样做是重复别人的工作。但我阅读各家批评时，发现还没有在莱辛观点中区别叙事史诗这样一个特别的界定。如朱先生在《诗论》中对莱辛的批评，虽然也很有力，但终嫌有所不足。而当深入思考这一课题时，我又感觉到它的指向其实与当代西方文艺批评发展导向有某些可以类比之处，且像索绪尔那样的成果完全可以为"空间诗学"所借重，当然这只是一个方面；如果能再站在历史角度上对中、西诗史做一比较学角度的审视，那么许多新的想法更是鱼贯而出，这些想法对我而言也是很新鲜、很有趣味的。因此，不妨说对莱辛学说的论证界定是思考制高点的一个契机，而比较学方法则是构成"空间诗学"整体构架的关键。

编者：以后对这一课题是否还想深入？

作者：就我主观而论，这样的课题是很迷人的，我很想继续研究下去。但我的专业太忙，书法篆刻与绘画的研究在近几年发展迅速，文债山积，要对付的各种学术会议、论文约稿、报纸专栏，还有我自己的教学，所以日后是否能有精力撰写这样的单本还不清楚。四年以前我还不是很忙，当时居然有兴趣搞出一本四十余万字的《宋词流派新探》。现在我已陷入稿约的泥潭，但还能挤出时间，其原因无非是这样的题目我有兴趣。以后的时间会越来越少，但我想只要有兴趣，终还会见缝插针、不甘寂寞的。加之，我的导师如陆维钊、沙孟海以及启功教授也都曾是文学上的一代硕彦，他们为我树立了非常好的榜样，对我也是个很好的鞭策。

编者：对于这本书，你本人还有什么评价？

作者：要说还有什么不满足的地方，我只感觉到还未全部铺开，字数所限，只能点到为止，因此在写时是比较收敛的。我想如果能再增加一倍篇幅，也许表达会更充分些。目前为了本书的理论色彩，我花了大量篇幅作论证；但对实例剖析太少，仅在第五章提出几种类型，这显然是很不够的。至于感觉尚好的地方，则是本书虽谈纯理论，但在写法上强调了灵活性，没有教科书那样的刻板与沉闷，特别是在本书之前，我刚写完的几个单本如《书法美学》《书法教育学》《中国画形式美探究》，在体例上都较为细谨，颇有写教材的味道，因此在写本书时，感到特别有趣味。

比较学我以后还会继续研究，作为方法，它在书法绘画篆刻研究与在文学研究中可以取得相类的效果。我希望这本书的尝试只是一个开端，也许在研究了一段时间书画之后，我会再度"反串"，来研究一些诗歌理论。现代派艺术作品和文学作品我并不太热衷，但现代意识与现代思维方式对我却是极有启发价值的。

1987年4月3日

访日归来记于浙江美术学院中国画系

目　录

总　序 　　　　　　　　　　　　　　　　　　　　　　1

新刊前言 　　　　　　　　　　　　　　　　　　　　　1

编者与作者的对话 　　　　　　　　　　　　　　　　1

第一章　诗的时空观 　　　　　　　　　　　　　　　1

第二章　符号：人心营构之象 　　　　　　　　　　21

第三章　意象空间 　　　　　　　　　　　　　　　45

第四章　格律的辩证性格 　　　　　　　　　　　　69

第五章　诗的造型表现——抽样分析 　　　　　　95

第六章　形式极限与超越 　　　　　　　　　　　131

后　记 　　　　　　　　　　　　　　　　　　　159

第一章　诗的时空观

诚实的批评和敏感的鉴赏都不是指向诗人，而是指向诗。

——T·S艾略特[1]

在厌倦了实证主义式的文艺批评之后，社会学方面的、时代背景方面的、政治、经济基础方面的种种审视角度在一瞬间被从台前推向台后，取而代之的则是立足于作品本体的或接受对象方面的审视立场。英美新批评、结构主义与后结构主义、符号学、阐释学和接受美学的崛起令人头晕目眩，尽管它们之间也势同水火，互相否定，但有一点是可以肯定的：在作者、作品、读者这三个环节中，原先持续了几千年的宠儿——作者，现在却备受冷遇。作品本体主义和接受本体主义盛行一时，因此，它们都与社会学立场的作者本体主义拉开了距离。

这种立足点的转换首先表现在于诗——无论是西方还是东方，诗总是文学领地中的前哨，它最敏锐地感受到新信息、新思潮的冲击，并且最有能力从冲击波中捕捉高质量的预兆从而灵活地做出响应的态势。中国当然是诗的国度，持续几千年的，从《诗经》到古体到格律诗的历史进程中，中国文学史笼统地说可算是一部诗史。无论是唐诗中的边塞诗派和李白、杜甫、白居易，还是词中的李后主的小令，大小晏、柳、欧

---

[1]［英］T.S艾略特《传统与个人才能》。

的短章长调，乃至苏东坡、周清真、辛稼轩，更有婉约词的吴梦窗、姜白石……以及其后的种种诗禅神韵说、格调说、性灵说、肌理说等等标准的提出，无不可窥中国古典文学之对诗的特别垂青。即便是"五四"新文化运动之后领一代风骚的新诗，也无不代表了当代文学运动最重要的侧面。闻一多先生的著名论断："在这新时代的文学动向中，最值得揣摩的是新诗的前途。"可以说是诗歌至上思想在当时的必然反映。不管是胡适的白话诗派、郭沫若的创造社诗派、汪静之的湖畔诗派、李金发的象征诗派、徐志摩的新月诗派、戴望舒的现代诗派……大约没有一种文学体裁能在短短的几十年间构成如此丰富的特征鲜明的流派：在当代文学大家庭中，诗也仍然是个理所当然的主角。

文学批评的立场转换，首先即表现在于诗的批评之中。

强调诗的存在是一种结构，这是个纯属老生常谈的沿袭结论了。任何事物都有它的结构，文学作品尤其具有结构。情节的安排、冲突和高潮的出现，无不是结构所做努力的结果。就是把注意力放在社会意义上的诗人的一边而不放在作品——诗的一边，虽然它似乎不能构成艾略特所赞赏的"诚实的批评和敏感的鉴赏"；但它仍然需要结构。有谁能否认在托尔斯泰的《战争与和平》、荷马史诗、李商隐的七律中不同样存在着一个结构？更深一步的问题是，如果在《战争与和平》这样的历史文学中，实证主义的社会学文艺研究方法也同样有效的话，那么我们凭什么要在庞德和李商隐的短诗之间寻求出研究立场的根本转换——热衷于作品本体至上并还要给它创造出一个似是而非的"空间诗学"的动听名称？

作品本体主义在诗的构架中有着突出的价值。这主要是因为，在小说中所有的作者意图都必须通过一定的实际社会背景传达出来。即使是新的小说流派试图打破社会与时代的规定，运用种种意识潜意识乃至魔幻式的特殊手法，但只要它是小说，就必然不得不受社会背景的支配。泰纳所作的创作受时代、种族、环境三要素的规定支配这一断言[1]，尽管可以在新的现代主义潮流中被改头换面甚至被表面上"取消"，但它的潜在影响首先即集中在小说、散文等文学形式之中。除非小说家不写事（社会存在的事和心中所想的事），也除非小说家不按正常逻辑顺序表达人的思想（如意

---

[1] 参见［法］泰纳《英国文学史导言》，《自柏拉图以来的批评理论》，H.Adams 编，第 602 页。

识流之类），还除非小说家们不使用文字（有文字就必然有逻辑构架），三者只要被保存任何一项，社会立场上的审视即不可避免而且完全有效，而泰纳的三原则就不乏用武之地。

故而结构主义在最初的研究中只限于语言学，而持纯粹的作品本体主义的英美新批评却把研究目标立即对准了诗。相对而言，诗的语言与其逻辑结构与其他文学体裁有着完全不同的特征，基于这一点，诗也就不必完全去描写实际存在的事物与思想。作为一种本体：诗的作品最具有独立性格；作为一种表层现象：诗与社会之间的关系可以表现得最为隐晦曲折、不露痕迹。

作为社会（作家）本体和作品本体立场的区别，小说与诗之间的比较是十分有趣的。20世纪70年代，著名结构主义学者卡勒曾指出诗的特征有以下三个：一，是诗的非个人性，诗不是实际的语言，诗中的一切不指向实际的环境而指向一个虚境，故它与记叙传奇有明显距离。二，是诗的整体性，即它区别于日常语言行动的零散和无目的，而用文字构成一个自足的结构整体。三，是诗的内涵极深，内涵必然大于字面意义。[1] 这三个特征，正是小说所不具备的、而在诗却是足以证明它自身（作品）具有本体性格的最主要特征。很显然，在这三个并列特征之上，我们还能发现一个理由的特征：所有这一切现象，其实都依赖于同一根"拐杖"：文字形式。小说之所以望尘莫及，难以在这方面与诗争锋，也正是因为缺乏这根神奇的"拐杖"。作一个切面的比较，则诗的文字组合呈现非时序（不按正常因果顺序展开，也不与社会事物发展序列相同步）。小说散文之类，则基本是顺时序的文字结构。由是，小说倘若作为一个本体，基本上等同于社会本体，而诗的本体却与社会本体可以不发生什么联系。

这正是作品本体主义存身的最佳环境：本体的独立性最强，受制可能最小。

关于时序与非时序的比较切面当然不是随便选择的，因为它牵涉到本章论题的一个重要内容：时空问题。在著名的美学家莱辛的《拉奥孔》中，我们曾经看到他对诗的比较性论断，这种论断已经成功地影响了文艺领域许多年：

---

[1] 参见［美］乔纳森·卡勒《结构主义诗学》，第164页。

> 时间上的先后承续属于诗人的领域，而空间则属于画家的领域。(1)
> 绘画用空间中的形体和颜色，而诗却用在时间中发出的声音。(2)

当然，就时序与非时序的区别而言，在莱辛的时间概念中完全可以取得统一，因为时序与否只是时间展开过程中组织结构的序列化与否，至于时间展开本身是并没有多大差异的。但是，强调时间上的"先后承续"特别是在《拉奥孔》中，莱辛还把它与"动作"对应起来，则这种时间概念仍然偏重于顺时序的所指。显然，只有顺时序才能构成因果连贯的动作，也更具有先后承续的典型关系特征。于是我们可以在莱辛的基点上将"时间"与"顺时序"画等号而把"非时序"排除在外。也许还可以反证一下这个等号的准确性：与"时间"相对的"空间"，据说是一种并列、是一种瞬间静态，它当然没有时序的规定。因此它只可能是"非时序"——当然更确切地说，是它"非时"，它还未必会有"序"的问题。其关系可以下表示之：

时间 = 长度

原因：先后、承续的因果关系的次序

　　　在文学上必然表现为"顺时序"

时间 = 平面

原因：静态并列——非时

　　　在文学上必然表现为"非时序"

　　　（因为本来是时间艺术）

莱辛对"时间=诗"的界定无疑是有其合理性的，在诗画比较的规定结构中，任何人也只能得出同一个结论，尽管在他以后不断有人对他提出批评（在中国也有朱光潜先生的批评），尽管可以举出许多例外，但种种例外并不足以构成对这一界定的有效否定。很显然，莱辛的判断建立在"语言的存在方式是时间性的"这一客观

（1）［德］莱辛《拉奥孔》，第97页。
（2）同上，第83页。

事实基础上。一幅画的存在，是一个"和弦"的存在，画面中的形、光、色同时展现在读者眼帘，读者不可能只对光先加以观察其次才对色进行观察，视网膜的生理结构规定了人不可能先使用某一部分功能而使其他部分功能暂时休息。但是在语言（它是诗存在的基础）中，不管是听说话还是读文字，必须在时间之链——它正是莱辛所谓"时间上的先后承续"的原本意义上依顺序出现。"野径云俱黑，江船火独明"，最后的"明"字不出现，我们就不能把握它的全部意义甚至会感到不知所云。按瑞典结构主义语言学家索绪尔的理论，这就叫语言（当然也包括文字）的历时性。毋庸置疑，"历时"这个概念是可以与"顺时序"的概念作一比附的。这是一种最正常的、构成人类逻辑语言并在日常生活中被广泛运用着的语言（文字）模式。

语言是个由互相依赖的各项组成的系统。

如果我们把"系统"先简单地解释为时间上的先后承续，那么"互相依赖"在古典意义上或者说是在一般的语言现象上，表现为一种因果关系的互相制约。"系统"暂时可以标志莱辛的"时间"概念，"互相依赖"则可权作我们的"顺时序"的注释。从这个角度上说，只要诗还存身于语言文字的环境中，它就必须要遵奉这两条规定。事实上，莱辛已经为我们举出了一个最明确的现成范例：他以荷马史诗为例证，具体分析了时间先后承续和动作承续在诗中的表现并令人信服地证明了自己的归类准确无误。

恰恰是他以为最无懈可击的例证分析，给了我们以新的启迪。引起探讨兴趣的并非是他的分析本身，而是他选取荷马史诗这一举动。在荷马史诗这样的叙事诗中，几乎找不到现代诗和中国诗的丝毫踪影。恰好相反，我们看到的是一种关于小说（散文）式的语言结构。我们且以《伊特利亚》第2卷第43－47行为例：

> 他穿上新制的细软的衬衣，
> 套上宽大的披风，于是在端正的脚上
> 系上一双漂亮的鞋，把镶银的刀
> 挂在肩上，然后拿起国王的笏
> 这是他的永远不坏的传家法宝。[1]

---

[1] 转引自朱光潜译《拉奥孔》，第86页。

因为衬衣是新制的,"于是"在脚上也系上漂亮的鞋,"然后"拿起国王的笏,"最后"是一句说明。这正是地地道道的动作的"先后承续"的范例——但是请注意：它当然已经不仅仅限于时间的存在,而是表现为一种"顺时序"式的逻辑结构的推移。有前因有后果,层层递进。没有意象的穿插与跳跃,也没有"非时序"所造成的种种冲突与空白效果。

如前所述,莱辛是在进行诗画间的比较,他曾有过说明,认为他的"画"包括一切造型艺术,而他的诗也包括一切文学,这证明,在他心目中,整个文学的语言规则是统一的,并不存在着一种诗的语言（非时序）和一种小说散文的语言（顺时序）,事实也证明了这一点。在现代诗派尚未崛起、也不可能有机会去领略中国格律诗之美妙的莱辛时代,荷马史诗是至高无上的、唯一的权威代表,它就是诗的标志。而在我们看来,这种诗与小说或叙事文学简直没有什么结构上的区别,谓予不信,把上引的《伊特利亚》第2卷的这五行"诗"改变一下排列方式,不以分句排列而把它们联成整段文字,看看能否与小说中的叙述加以区别？

要在18世纪的德国评论中强调诗的语言与小说散文的语言之间存在着一种质的差别,显然是过分难为莱辛的。在他周围不存在什么"非时序"的文学模式,更没有令人瞠目结舌的现代诗派。因此,我们对莱辛的比较结论取一种折中的态度：一方面,在史诗（叙事诗）与绘画（古典油画）这样的对比条件规定下,我们承认莱辛的结论的确是点出了诗画区别的关钮,这种关钮主要表现为时间与空间的归属不同,而诗显然是时间性格、并具有动作的先后连续特点的；另一方面,在我们目前所能获得的审视立场上看,这样的比较与结论又是缺乏普遍意义的。因为在作为比较一方的"诗"的旗帜下,不但已经具备了叙事史诗这一古典类型,而且也已经有了如艾略特、庞德的意象诗派和在中国已垂垂老矣的格律诗。在这样的环境转换中,原有的一分为二的简单结论已不敷用,新的结论亦已出现。但值得注意的是,新的结论并非是以全盘否定旧结论为标志,相反,它是部分地修正了旧结论。这正是一条无情的发展法则——任何在历史上曾经是正确的结论,在不断发展的今后也仍然会是有限的正确的,它必然会成为新结论的存在基础而不会成为对立面。对它深恶痛绝既缺乏必要,嗤之以鼻更不足以显示高明。落实到诗的讨论中来,则莱辛的前一个结论"诗是时间的"仍然有效：只要诗不逸出语言文字之外,它就必然只能是时间的。但后一个结论则不得不被抛弃：诗都只能是动作和时间的前后承续；这个结论显然有误，我们可以承认莱辛的叙事史诗是如此，但我们无法迫使现代诗和中国格律诗也必须如此。相对而言，后两者正是"非时序"的语言文字结构。中国诗的"非时序"，主要表现为"并列时序"或"逆时序"的形态，而西方现代派诗（包括中国新诗），则更多地表现为"无时序"或"乱时序"的形态。前者虽非有表面上的因果，但似乎还保存着一些内在的潜逻辑构造，后者则还持有一种反逻辑的语言追求和意象追求。其间关系有如图所示：

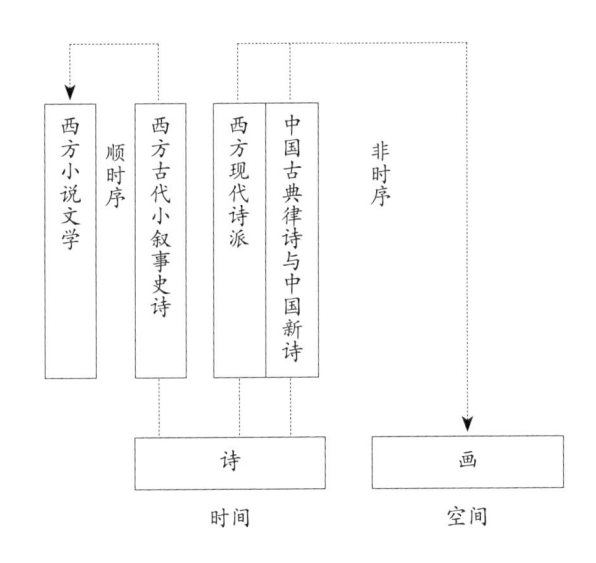

```
        ┌──────┐ ┌──────┐ ┌──────┐ ┌──────┐
        │西    │ │西    │ │西    │ │中    │
        │方    │ │方    │ │方    │ │国    │
        │小    │ │古    │ │现    │ │古    │
  顺时序│说    │ │代    │ │代    │ │典    │非时序
        │文    │ │小    │ │诗    │ │律    │
        │学    │ │叙    │ │派    │ │诗    │
        │      │ │事    │ │      │ │与    │
        │      │ │史    │ │      │ │中    │
        │      │ │诗    │ │      │ │国    │
        │      │ │      │ │      │ │新    │
        │      │ │      │ │      │ │诗    │
        └──────┘ └──────┘ └──────┘ └──────┘
                    │         │
                    ▼         ▼
                  ┌───┐     ┌───┐
                  │ 诗 │     │ 画 │
                  └───┘     └───┘
                  时间       空间
```

"非时序"部类的箭头所指令我们大吃一惊，这显然是一种从时间属跨向空间属的胆大妄为——当然，是在时间起点上的新的企图。但不管如何，这无疑是使诗变得不那么纯粹化的一种"不良倾向"。与其如此，倒还是左向的那支箭头更能让诗容忍些，因为它至少还满足于文学的时间范畴内不思外逸。

比莱辛稍进一步的是黑格尔。他似乎对诗的形式媒介的纯洁性特别注意，曾不遗余力地专门就诗与散文的区别进行深入探讨。4卷本《美学》在第3卷第三章《诗》中，曾反复强调指出：

> 就连单从语言方面来看，诗也是一个独特的领域，为着要和日常语言

有别，诗的表达方式就须比日常语言有较高的价值。(1)

　　词的安排是诗的一种最丰富的外在手段。(2)

　　必须强调指出的是：黑格尔在指出诗的这些特征时，是以散文语言为比较前提的。这即是说，他清晰地把握住了诗的语言文字不同于散文（小说就更不在话下）的形式特征。为了表明他的叙述的倾向性，他甚至不惜使用"平凡猥琐的散文领域"这样的语调来告诫诗的表现形式必须保持纯洁。与莱辛把诗去代替文学相比，黑格尔无疑更精明些，不过这未必意味着莱辛看不出其中差异，问题是他在诗画间作比而不是如黑格尔的在同属文学中的诗、散文间作比，当然只能忽略这个差异而去抓取更主要的特征，至少在《拉奥孔》中，他不会有多少旁骛的精力。

　　虽然看起来黑格尔要精明得多。但他仍然立足于诗的时间性，把它与散文作比的举动本身即说明了这两者是同一"时间"起点的，它们都运用语言，都运用文字并遵守时间的约束。因此这只是一种有坚定原则立场的、而不具有太多的灵活态势的把握。虽然他提到了表达方法与词的安排等因素，但这种因素在荷马史诗中也屡屡呈现，并不能证明他已足够地估计到了后辈们的现代诗和异域中的格律诗的独特性格。很明显，只要黑格尔没有把"安排"与"表达方法"上升到一个抽象结构的层次来加以认识，那么他的"安排"并不能说明他与莱辛的史诗时间观的立场有着何等质的差别——换言之，安排仍然有可能是"顺时序"的，与小说散文在语言文字上同一组合法则，而只是在用词的精练与有限的位置置换中稍有变化而已。

　　这是非常有趣的对比：黑格尔的领先于莱辛正表现在时间之链的序列关系上：他比莱辛晚了半个多世纪。如果说莱辛对诗的看法还是地道的18世纪的史诗意识，那么黑格尔的生逢18世纪末叶到19世纪初，他当然对诗的认识比莱辛稍进一层；但仍然是古典立场而非是20世纪那风云变幻的现代主义立场。因此我们不妨说，是19世纪的诗的存在决定了黑格尔的"词的安排"观点的存在，古代文学评论的后喻文化特征使他还不可能预见下一世纪中诗的形式会产生何等样的变化。而他以前的史诗和曾一

（1）[德]黑格尔《美学》第3卷，下册第23页。
（2）同上，第65页。

度流行的十四行诗乃至同时代的歌德、拜伦等诗人的作品只能使他产生"安排"的感受而不具有"结构"的感受。

上一表格中"非时序"部类的右向箭头给我们留下了不尽的遐想。走向空间的诗正是现代诗的基本发展导向。当然，这一论点是就西方诗坛而言。在中国，以唐诗为代表的律诗（它是中国诗的最基本形态）从起步之始就义无反顾地选择了空间性格，这种选择有中国文学自身的原因，有各种审美的、社会方面的原因，也有中国文字类型特征的原因，由是，关于"走向空间"的命题，只对西方诗有意义而对中国诗缺乏价值。中国诗从来不以叙事胜，也不存在一个叙事史诗的类型，它本来就是"非时序"的，它的时间性格只表现在诗的物质媒介方面而不表现在诗的内在结构方面，既然没有时间这个结构起点，当然也就不存在走向空间问题。而西方诗的发展却正与之相反，史诗的古典性格是绝对权威的，从史诗走向抒情诗，是一种时序的叙述走向时序的抒发，从抒情诗再走向现代诗，则是一种时序的抒发（它已经不那么遵循次序了）走向"非时序"的意象。毋庸置疑，此中包含着的是绝对明确地从时间走向空间的形式取向。而它的具体落脚点，是在于意象结构而不在于文字方式。于是，我们在此中看到了又一种内涵的界定：

与绘画等视觉艺术相比：诗以文字方式为"物质媒介"，它是时间的。界定基点：文字属性。

与史诗等叙事特征相比：现代诗以结构组合为目的，它是空间的。界定基点：意象结构。

上表中右向箭头所要告诉我们的，正是这一意料之外而又预计之中的实质内容。

关于中国古典格律诗从起步就与空间联姻的问题，是一个深层内容比较复杂，但从诗作的形式分析中即可以得到应验的课题。在第三章《意象空间》与第五章《诗的造型表现——抽样分析》等章中，我们将会作充分的阐述与展开。此处先不枝蔓。而要论诗之如何会从时间走向空间的问题，从中国诗中是看不出什么端倪的。中国古典诗没有明显的转换与改易，而西方诗史中却不乏这样的现成例子，考察一下种种观念的、理论的潜在痕迹，特别是着重注意一下现代派诗歌是如何从古典史诗那颤颤巍巍的手中接过诗的形式并迅速变出"狸猫换太子"的戏法来，肯定于我们的议题会大有好处。

现代诗的代表人物艾略特在他的名著《传统与个人才能》中曾经指出，诗的创造过程是一种浓缩（concentration），同时是一连串伟大的经验。是一种瞬间呈示的瞬时整体（instaneous whole）。他认为，这种浓缩、串联与瞬间呈示的整体，不仅支持起整体指涉的"架构"（frame），而且指涉出一种"同时性"！[1]

成功的、一针见血的精论。

倘若在我上述的几个概念中作等级的排比，那么叙述式的顺时序方式为最初级——因为它几乎不算是真正的诗的语言结构；经过艺术安排的、可能顺时也可能非顺时的形式方式为较中级；强调诗的结构有自己的架构即意象结构，是次高级；而从文字语言的时间展开媒介中能透视出"同时性"即和弦式效果，这可以说是最高级，因为它显然引导我们走向了摆脱平庸的时间限定而进入理想的空间领域，有"架构"还未必是我们愿望中的"空间"，因为架构也可能在时间一维上做前后开合的照应，只有架构的"同时性"，才真正表达了"空间诗学"的热切期待——正像绘画的光与色同时映入观众眼帘一样，诗的意象在经过了文字媒介的先天限制之后，超然悠然，进入了数美并具、佳趣迭现的"和弦"式境界，并使得读者为之沉溺其中无力自拔。这种和弦的效果也不再是单一旋律（意象）与单一旋律（意象）的简单之和，它们相加之后的效果远远超过应有的"和"的十倍乃至百倍！

从我上述引用的诸家论述来看，莱辛处在最初级，黑格尔进入中级，艾略特则是兼有次高级与最高级。当然，这未必意味着我对古典主义的不屑一顾。毋庸赘言，莱辛对叙事史诗的专注不二使我们有理由对他表示失望，但是诸位别忘了，正是他提出了诗是时间性的这一最根本的讨论立足点。黑格尔的"词的安排"也许同样令人不满足，但是他的"安排"却开启了结构与空间理论在诗中的蔚为大观。如果说莱辛提供的是讨论的基础，那么黑格尔提供的则是"空间诗学"这一概念成形前的原始胚胎——概念的基础，他们在不同的时代限制下做出了不同的但同样有价值的贡献，此其一。另外一个理由，是我们的讨论具有现代人的立足点，而这一立足点的获得确立，首先是得力于"现代诗派"这一类型本身的确立，站在我们的立场上去回首往昔，当然会发现古人的不尽如人意。这正是时空差对我们的特殊关照。如果我们不从现代诗派这一立场出发，则本无所谓孰高孰低。因此，不从历史角度去认识这种现象背后的实质

（1）参见［英］T.S艾略特《传统与个人才能》。

内容，仅仅以为在文学艺术界也有简单的进化论模式，也许不但不能准确地估价古人，也将不能准确地估价自己。当然，在不偏废莱辛、黑格尔等贤哲的同时，我们应该充满信心：现代诗派的空间性格不但只面对着西方史诗和一部分抒情诗（这是个不太强大的对手），而且它新近刚发现了一个更强有力的同盟军：中国的格律诗。这个同盟军不但可以为空间诗学提供来自大洋彼岸的空间模式，而且也还可以弥补现代诗派历史短暂之不足——它的源远流长是有目共睹的。艾略特的理想：诗的空间的架构与同时性，在中国格律诗中有着第一流的展现，而且，是历时几千年的反复多次的展现！

如果我们不把"异想天开"理解成一个贬义词的话，那么在诗的空间课题上，西方人确实是敢于想象。在艾略特的"构架"的"同时性"理论被引入创作实践后不久，不知疲倦的探索家们马上又感到不满足了。西方诗学家们（以及中国的诗学家们）指出，应该使诗在某种程度上由"听觉艺术"变为"视觉艺术"[1]。最直接的理由是，由于诗的内在含义的复杂性和多层性，难以直接通过朗诵来表达，因此只能用文字在纸面上进行排列：以固定的书写印刷形态保持"诗意"。为此，应当强调诗在文字上的建筑构架之美（具体表现为分行与分段的穿插），和诗在非阅读时的排列整齐的美（具体表现为舍弃标点）。

这种"视觉"的诗当然是最符合空间——准确地说，是最符合空间的表象特征，而足以与绘画、雕塑等真正的视觉艺术携手联欢的。诗一至此，则莱辛苦苦证求的诗画区别理论便显得毫无意义。它意味着，今后的诗不仅能在意象组合上让人领略到一种空间的同时性特征（它毕竟是似真的）；而且能在具体可视的字句排列中直接体现搭积木式的空间美。

令人惶惑的假想。

为了让读者能有真正的体验。诗人们开始了有趣的尝试。乔纳森·卡勒在《结构主义诗学》中尖锐地指出，一段文字是否是诗，未必取决于语言本身，而取决于文字的排列（可视）形式。他引用了一段新闻报道："昨天在七号公路上，一辆汽车时速为一百公里时，猛撞在一棵法国梧桐上，车上四人全部死亡。"然后开始了他的"视觉艺术"的魔术：

---

[1] 参见徐敬亚《崛起的诗群》，《当代文艺思潮》1983年第1期。

> 昨天在七号公路上
>
> 一辆汽车
>
> 时速为一百公里时猛撞
>
> 在一棵法国梧桐上
>
> 车上四人全部
>
> 死亡。[1]

分行书写的形式，使读者在视觉上产生了对诗的期待，于是这篇新闻报道也可以算是一首诗？卡勒们真是异想天开！

这当然不是在开玩笑。只要这种对诗的期待确实存在于读者的心中（不管是局部地还是全部地归之于分行排列的形式），魔术式的小试验就有它的特殊意义，因为它正说明了一个事实。或许，我们还应该提出进一步的要求：只有当这种"视觉"的诗不以否定"听觉"的意象丰富的诗为存在前提，它也才能获得承认。它只能是一种小魔术聊备一格而已。作为一种视觉的证明手段，它是极为有趣的；而一旦作为诗在未来的终极目标，则它又可能是十分无聊的、雕虫小技的。

在对它作不屑一顾的睥睨时，我们确实无法忘记，荷马史诗的情况其实并不比这段新闻报道好多少。把上引的《伊特利亚》第2卷的引文或其他任何一段引文按一般文章方式排列，有谁会怀疑这不是一段叙述文？而按卡勒对诗所做的三个界定：（1）整体性（2）非个人性（3）内涵深；新闻报道式的视觉的诗既不具备，荷马史诗又能具备多少？再进而论之，在"顺时序"的语言文字环境中，有几首诗能跳出樊篱，直接进入卡勒的三个境界？

浪漫派诗人其实已经敏感地察觉到了这一问题。但限于条件，他们只是在内容的抒情而不是形式构架的改造方面下了苦功，从叙事的到抒情的，意象的出现和日趋丰富使它虽曾在题材、内容方面暂时栖身，但很快的它就开始作用于形式，并使形式产

（1）转引自张隆溪《二十世纪西方文论述评》第117页。此诗是一位结构主义者耶奈特《形象论二集》中的例证，卡勒在《结构主义诗学》中转引了此例。

生悄悄地并十分坚决地变化。现代派诗人责无旁贷地接过了这种处在动荡中的形式，把它变成真正的诗的形式，强调非时序、强调形式的张力、强调意象的丰厚与立体、强调结构的自足与整体……现代派诗人提出了一整套诗应该区别于其他文学体裁的设想，象征派、意象派的此起彼伏，预示着西方诗坛革命性浪潮的汹涌而来，作为它的负面代价，史诗被恭恭敬敬地请出了舞台。"顺时序"式的诗在人们的习惯观念中好像不能再算是诗，为了使这种浪潮被作为一种人类文化的成果固定下来，也为了使"非时序"式的诗成为最名正言顺的诗，于是就有了艾略特、卡勒等人的总结与整理，艾略特是现代诗人－代表创作家一翼、卡勒是结构主义学者－代表理论家一翼，共同构成"诗"的理论基石。

回过头去看上引的新闻报道式的诗，当然觉得它不能算是"诗"，卡勒无非是用它来证明某一个设想而已。但问题是，同样也是"顺时序"语言文字结构，同样是以叙述化与口语化作为标志，卡勒为什么不选取荷马史诗为范例而去找这么一段新闻来做试验，而新闻式的诗既然可以使人产生对诗的期待，为什么我们又要把荷马史诗当作一个反面例证来对待？

关键正在于这个"视觉"，连成一片的新闻不能算是诗，单独分行的却是诗，其原因是因为单独分列已经在某种程度上"视觉地"浓缩了每一个叙述名词本身，这种浓缩并不以正面的加厚意象内涵为立足点，而是以负面的削弱其他名词的旁侧干扰为准绳。换言之，是以孤立来达到突出和深厚。最简单的例子是：当我们在读此诗的最后一句时，可以有两种语序的读法：一种是新闻式的"顺时序"："车上四人全部死亡。"有如接到一张通知，不关痛痒的反应是现成的："知道了。"而另一种是诗式的"非时序"：

　　车上四人全部——有四个人。"全部"下面是一个悬念，使读者产生
　急需了解的期待。

　　死亡——一个突兀的、令人吃惊的（浓度极高的）肯定语，连句号也
　是一种情态：表示悲剧已经产生，无可挽回。

这个死亡只指向一种事实。没有任何干扰（如几个人，是否有伤等等可能出现的意义干扰）。它正是诗的张力。与前一类"通知单"式的语序相比，无疑是后者更浓缩

更简练,如果我们曾失望于这段新闻作为意象的缺乏凝练、平淡如水时,那么正是"视觉"形式帮了我们的大忙:它以分列的方法使文句变得沉重而有厚度。而荷马史诗呢?相对地它不更具有"通知单"的感觉吗?

如此看来,卡勒的异想天开不正是一种了不起的贡献?对于诗而言,分列的价值除了表面的"视觉艺术"式的建筑构架之美之外,更重要的正在于它可以有效地通过孤立与空白来突出某些重点意象。它的手段的确是视觉的,但它的效果却未必是视觉的。从建筑式角度去看分列、并以为可以用固定的书写印刷形态保持诗意的观点,我实在不敢苟同。严格地说,这是搭文字积木的把戏,这种视觉于诗毫不相干。只有我们在分列中发现诗的意义丰富多彩,我们才能承认它有价值。此无它,一切诗最终提供给读者的,不是视觉内容而是意象内容,不明确这一点,我们的"空间诗学"便有被曲解的危险。

在西方诗坛苦苦地为诗的本色进行努力时,中国诗坛却非常悠然适然。

在泰纳三原则中,时代是个绝对的界限。西方诗史中这种界限体现得非常明确:史诗、抒情诗、现代诗,每一种形式的出现都以否定前有形式为标志,这种否定具有两个不同的层次含义:(1)外形式的递进;(2)内形式的置换。

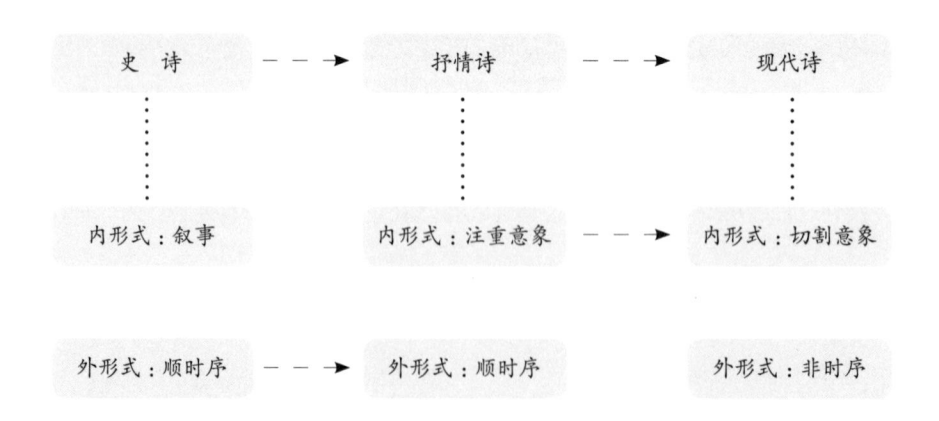

```
史  诗    --→    抒情诗    --→    现代诗
 ⋮                ⋮                ⋮
内形式:叙事      内形式:注重意象  --→  内形式:切割意象

外形式:顺时序  --→  外形式:顺时序        外形式:非时序
```

在经过了中转期的"抒情诗"阶段之后,现代诗与古典的史诗无论就形式还是内容都有了革命性的变化。这种变化显然是以时代为标志的。没有从18、19世纪到20世纪,现代派诗歌就很难崛起。

但是在中国诗史上,这种情况却很难见到。诗的进步并不采取革命的方式而采取改良的方式。如果我们把格律诗（包括它以前的各种七言、五言诗乃至《诗经》的四言）算作一个类型，把词（包括民谣、歌调和元曲等）也算做一个类型，再把现代诗也算做一个类型，则可以得出如下一个表式：

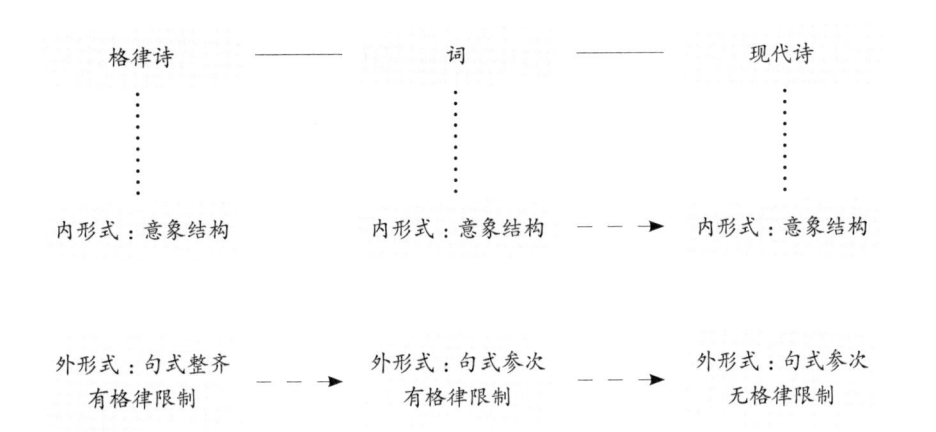

```
格律诗 ———————— 词 ———————— 现代诗
  :                :                :
  :                :                :

内形式：意象结构    内形式：意象结构 — —▶ 内形式：意象结构


外形式：句式整齐 — — 外形式：句式参次 — — 外形式：句式参次
      有格律限制         有格律限制           无格律限制
```

可以看出两张表之间的差距：其一，无论在中国诗还是西方诗中，外形式的变化是有目共睹的，这正是形式在时代规定下不断发展自身、不断适应社会需要的鲜明标志，没有这一点，它就没有生命的活力，不能作为一个生命体而存在；而内形式（在一定条件下它可以代表内容）却可以自由选择自己的命运，可以变也可以不变。西方诗的内形式经历了一个突变的过程：从一般仅具有典型意义的表象叙述转向特定的意象并构成切割与交叉，最具有时代催化的色彩；中国诗的内形式则经历了一个渐变的（表面上基本不变的）过程：从《诗经》到格律诗到宋词到现代诗，意象这一元素始终不变，而意象的组合方式则随外形式而做出适应——元曲可能是个例外，但它与非诗的外因有关；现代诗也可能部分地超出了中国古典诗的意象结构，但也与外来文化的影响有关；而意象在所有领域中受到尊重，则是事实。

由是，我们可以说中国诗史是一个内核不变外表作局部改动的恒常结构，而西方诗史则是个外表变化内核也跟着变化的应变结构。在时代这个绝对界限制约下，西方诗被迫做出响应，而中国诗却置若罔闻。西方社会的经历了从奴隶制时代到封建君主制再到资本主义制度的政治风云变幻，与中国封建社会超稳定封闭结构的对比原因，可能是读者所能把握的第一个原因，但这显然是个社会学方面的原因，在我们提倡作品本体主义的批评观时，虽然从一首诗（作品）中无法探究如此宏大的历史发展课题；

但是，有没有来自诗的本体内部的演变理由而不是社会学的理由？

平行的比较显然已经无能为力。在四顾茫然的沉寂中，我们忽然发现了一线曙色：新诗，这个独特的类型也许会提供一些启发。凭着先天的预感，可以肯定，如果对新诗这个"骑墙"的角色作一解剖的话，我们也许可以从一个特别的侧面去把握这种渐变与突变，在表面上甚至是变与不变对比的真正历史含义。

中国的新诗简直是个谜。

站在历史学家的立场上，可以毫不犹豫地把新诗划为中国诗这一系统的最前卫，就像把现代派诗歌划为西方诗一系的最前卫一样。它们是两个平行的双轨，之所以说是平行，是因为时代是个绝对界限，西方诗和中国诗都必须经历19世纪的这一时间切面。因此，简单的图示应该是这样的：

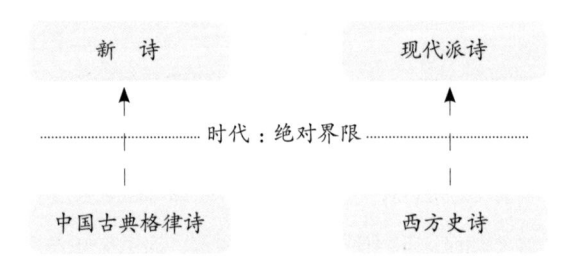

```
    新  诗              现代派诗
     ↑                    ↑
·······|······时代：绝对界限······|·······
     |                    |
  中国古典格律诗           西方史诗
```

但在这个图示中，我们似乎看到了两个孤立的、互不干扰的单线。各自发展的动力取之于自身的起点，也许在公元前或5世纪时，在世界的各个地域尚处在封闭状态时，这样的单线发展是可行的，而在19世纪的东西方，这样孤立的发展模式显然很难为人所信服。且不说成吉思汗的铁蹄曾达到欧罗巴西陲，即便是郑和与马可·波罗的努力，也已使东西方的交往在沉睡千载之后慢慢复苏。绘画上的郎世宁已经为我们提示出西方艺术对古老的中国的有趣影响。那么在诗坛上，是谁扮演了郎世宁的角色？

"五四"新文化不是某一个人倡导起来的，这是一种社会积聚了多年的潜力的总爆发。西方文化的被引进和大批西方式的中国诗人如戴望舒、徐志摩乃至郭沫若，人人都在成为这种文化交流的能动的转折点。这是从文言式的切割意象走向白话平铺叙述意象的大胆尝试，其特征是在表面上似乎是从"非时序"语式转向"顺时序"语式。胡适与郭沫若是最典型的代表。从"空间诗学"的立场判断，这似乎是一种倒退，但可以肯定,"五四"的新诗风潮并不是简单地向异国古典情调(具体表现为史诗)的投降,而是更多地保存了中国诗传统中的浓度极高的意象。《女神》中就有着不胜枚举的这类例证。我们甚至不妨说,近代中国新诗更多地向抒情诗进行取法,只是因为据上表中抒情诗的外形式特征"顺时序"与叙事史诗相近,故给人以一种现象上的错觉。因此,我们可以在前表的西方史诗(外形式同抒情诗)与中国新诗这对角之间划一道联结的斜线,但是别忘了,箭头应该向上而不是向下,这意味着西方诗的传统只能是中国新诗的一个出发点而不是终极目标。

那么,另一个对应的斜角之间有没有联结的可能?有。制造这根斜线的伟人即是意象派诗人庞德,他的从中国古典格律诗中汲取养料,并创造出一个错中错的令人忍俊不禁的局面,曾经使西方诗风为之一变。当然,与中国新诗对西方古典诗的取法一样,他也不是亦步亦趋地因循中国格律诗,而是利用自己的先天条件(准确地说是一种"缺陷"),以西方人的思维方式将中国诗变成了现代诗的一个有效出发点。关于他的有趣尝试,在下一节我们将结合中国文字来做专门探讨。

由是,在上述过分简单的表述中应该增加两条斜线,图可以被改成如下式:

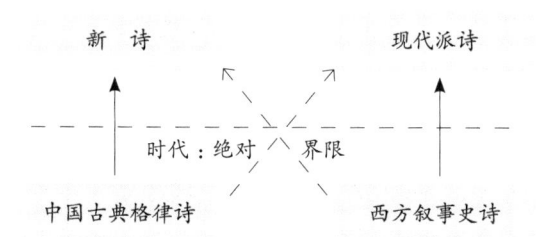

```
      新  诗              现代派诗
        ↑    ↗    ↖        ↑
        |                   |
- - - - | 时代:绝对 界限- - | - - -
        |                   |
  中国古典格律诗        西方叙事史诗
```

但这仍然是历史学家的判断而不是诗本身的判断。应该说,诗的判断当然也以此为基础。没有历史空间为各种文化提供成形的可能,则任何一种文化都不能构成固定的类型。但区别正是在于,诗显然把自己的判断引向更深层,如果说历史学家的判断是以时代、地域为出发点,那么诗则以风格构架为出发点,相比之下,诗的立场更具有作品本体主义的色彩。

从风格的角度出发,我们不妨把西方现代派诗作为一个审视点,而把中国新诗又作为一个审视点,这两个点之间有着大致相近的特征,但它们之间还有着深一层的差异。相近的特征主要表现为:①它们都抛弃史诗式的叙事风格,而转向意象式的结构

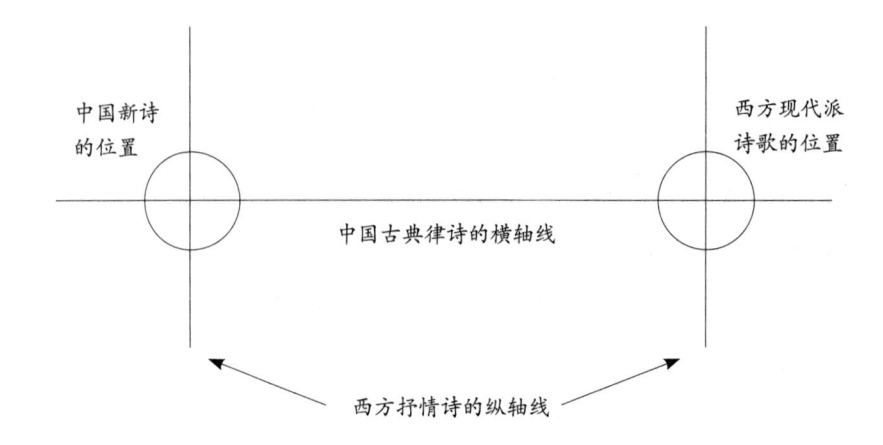

```
        中国新诗                          西方现代派
         的位置                            诗歌的位置
           ○─────────────────────────○
                  中国古典律诗的横轴线


           ←─────────────────────────→
                  西方抒情诗的纵轴线
```

风格；②它们的取舍对象是一致的。在西方诗而言，意象派的诗集中表现为两个来源：一是中国古典格律诗，一是西方抒情诗；中国新诗的来源同样出于这两大类型。因此，从纵横轴线的坐标看，西方现代象征派、意象派诗与中国新诗处在大致相同的位置上：作上述比较当然是相对而言。如本书开宗明义第一段所述，西方现代诗是个复杂的构合体，中国新诗中流派更是令人目不暇接，要想让它们的每一个局部都纳入这个坐标系中显然是有困难的，我们只能在一个相对的层次上进行这种大范围的比较。自然，意象派并非是西方诗坛的唯一代表，但正是它"淹没了英美诗坛"[1]，在非时序这个特征上，它又与象征派携手同盟，构成西方诗的两大支柱。中国新诗也未必都是一律的意象至上主义，甚至在新诗中也还有不少叙事诗、史诗乃至政治诗，但显然其间作为主干的仍然是较重意象的。也正是这些作品脍炙人口，成为人们心目中新诗的主要特征。

至于相区别的特征，则主要表现在以下三个方面：

一、中国新诗与西方现代诗，在同样的渊源中取向正好相反。如果把古典格律诗的立足点归结为"意象立足点"，而把西方抒情诗的仍持"顺时序"语式的立足点归结为"语言立足点"的话，那么中国新诗是以"语言立足点"为体，而以"意象立足点"为用，而西方现代派诗的立场恰好相反，是以"意象立足点"为体，"语言立足点"为用。至于这种侧重的理由则很简单：双方不遗余力地引为本体特征的，恰好是自身在遗传上最缺少的：

---

[1] *Digest of World Literature*, vol.4, Poetry of Ezra Pound.

——西方现代派的直接承传对象抒情诗，有"语言"而无"意象"立足点；因此它反过来要求以"意象"立足点为体。

——中国新诗的直接承传对象古典格律诗，有"意象"而无"语言"立足点，因此它也反过来要求以"语言"立足点为体。

双方所取的正是缺乏的，所弃的正是已有的，这很符合辩证法。也使得我们对它们的表面相近不敢看得太简单。

二、这种所取渊源相同而偏侧取向相反的现象，导源于当时的社会背景。西方现代派的寻取意象，未必是有特定的功利需要的。即使是大工业社会取代贵族社会的表面动荡，在一首现代派诗中也未必能引起多大的直接反响。现代派诗人面对着的，是一个已经焕然一新的文化结构，他们并不是面对一个陈腐的古代结构，因此他们的探求完全是出于风格上的标新立异，这是一种近乎在艺术范围内的风格流派之争——一个最有趣的事实是：意象派诗人坚决反对含混的抒情与空洞的感叹，反对维多利亚式的后期浪漫派风格。他们是反抒情的。意象在某种层次规定上，可以与抒情构成反义。

中国新诗的寻取语言，却具有明显的功利目标。首先，新诗所面对着的，并不是一个新文化的结构而是个八股气十足的旧结构，在"五四"时期的新诗人的出现，几乎都必须以反对迂腐、反对说教的新一代思想家的姿态出现，新诗与旧诗之争从一开始就表现为新思想与旧思想之争，到后来则还成了革命与反动之争。可以说，没有一个新诗人如陈独秀、沈尹默、郭沫若不是新文化的旗手（即使是当时的胡适），而这个形象大致相当于"革命党"的形象。

因此，这是一个充满政治氛围的目标。至少在一开始，新诗本身并不是目标，只是一种消灭旧思想、推翻旧制度的文化手段。中国新诗的对旧文化的"反叛"，与西方现代派诗歌对新文化的"共存"，构成了一个鲜明的对照。而在这种种不同的需求制约下，抛开各自的社会条件不论，就作为政治、社会斗争的手段而言，不也是"语言"立足点的直接功效更甚于"意象"立足点？

三、就各自所表现出来的追求范畴而言，两者的纯度也是不一样的。西方现代派诗的寻求意象支持，是一种可以自我孤立的文化现象，它的范畴仅限于诗学研究自身，不屑旁鹜，在诗的宝塔尖中自得其乐。而中国新诗的寻求语言支持，却是一种泛文化现象，与它同步的还有社会应用语言本身的寻求现代化，因此，新诗的追求"顺时序"

结构，从表面上看是中国表意汉字的诗对西方表音字母的诗的"拿来"，似乎是一种诗式走向另一种诗式，实质上，它却标志着在中国文化内部从重书面文字到重口头语言、并试图从历史的脱节复归到理想境界的吻合一致。很显然，西方诗的言文一致，再经过翻译中介的支持，新诗人们看到的是一种外来的、但完全合乎当时理想的"语言立足点"：似乎是"拿来"，其实却是埋存心头久矣的一种暗合。"五四"新诗发轫不但意味着思想之争，还意味着语言之争或文字之争，具体而言，则是白话与文言之争。胡适之会在流派名称上冠以"白话诗"三字，本身就表现出这种言文之争的深层痕迹。既然孔乙己式的"多乎哉，不多也"会在鲁迅笔下遭到嘲弄，那么新诗的借助表面的拿来以抒发自身的诉说欲望，在当时的特定条件下又有什么可以指责的呢？

文学即是文学自身之与文学同语言挂上了钩的特定社会需要，也使中国新诗理所当然地选择"顺时序"的语言立足点。与"语言"的语言特点相比，"意象"是不那么偏重语言而更偏向于文学层次的。

通过以上三个方面的叙述，我们已经把握了中国新诗与西方现代派诗之间在表层的相同点与深层的相异点。首先，是重视比较它们的发生动机的相异点；至于相同点，我们也不应忽视。互补的取向使这两个诗派超越不同的区域限制与文化背景的限制、成功地交叉在轴心的同一位置上，它们的共同特征将成为本书进行讨论展开的起点：在意象立足点与语言立足点中，前者代表内形式，后者代表外形式，外形式可以有"顺时序"与"非时序"之差别；内形式却不会有太多的变动。意象立足点只要存在，它的组合就必然会如黑格尔所说的那种"安排"——也许已经不是"词的安排"而是"意象"安排；至于成功的组合，则应该是艾略特所喷喷称赏的"瞬间呈现的整体"，"瞬间呈现"指他的"同时性"而言，而"整体"则指意象结构的有序性而言。古典格律诗是这种整体，中国新诗与西方现代派诗，不管是以意象为体还是意象为用，只要意象作为内形式存在，结构也必然存在。甚至西方浪漫派抒情主义诗作，只要它注意到了意象价值，也会表现出一种整体的存在（而不是情节的存在），只不过在抒情诗中，这种存在被它的语言立足点稀释淡化，很难直接捕捉罢了。唯一被排除在意象王国之外的，只有像荷马史诗这样的西方古典叙事诗。确实，从"空间诗学"的立场去看，它是最缺乏空间性的。

第二章　符号：人心营构之象

　　一首诗对于一个庸人来说一定是个谜，室内四重奏对于一个门外汉来说也是如此。

　　　　　　　　　　　　　　　　　　　　　——斯·马拉美[1]

　　尽管我在上一章中大声疾呼要实行作品本体主义，但事实上叙述却总是在外围打转，根本没有进入作品这一核心。之所以要如此，除了想在进入作品研究之前先对思想做一番清理之外，还鉴于比较的立场很容易使分析疲于奔命而且捉襟见肘，于"空间诗学"并没有太大好处。我们首先就会碰到一个非常棘手的问题：诗作为文学形式是绝对离不开语言的，而我们目前在诗的范围内至少将遇到两类性质、功能完全不同的语言文字。一类是中国的表意字，一类是西方的表音字（还不算像日文假名字母这样的类型），组词、拼句的法则完全不同，从中寻找意象空间岂不是盲人骑瞎马？

　　这仍然是一个上一章所涉及的老课题。在"五四"新文化潮流中，中国新诗的崛起是依靠对外国诗的引进。那么它是如何跨越语言文字障碍的？除了新诗人出洋或通晓外文，唯一的办法就是依靠翻译的中转——先把拼音节的字母变成汉字，然后再对

---

[1] 引自［美］吉尔柏特《近代美学研究》，第18页。

两种不同结构的汉字做出比较，并寻找其间组合的异同点。所谓的"翻译调"也正是这样产生的。搞过翻译的同志都有经验，名词对名词的单词翻译起来不难、关键是把名词组织起来、要有母体文字的韵味就更困难了。在诗的翻译中，意象（它大都表现为名词）要变成译体文字并不难，伤脑筋的是意象一旦离开了原有的结构，其内涵变了，于是也就失去了意象的原含义。比如，当我们把杜审言的《和晋陵陆丞相春游望》中颔联"云霞出海曙，梅柳渡江春"变成口语化的白话文时，原有的"非时序"与译出的"顺时序"语式之间必然会产生冲突——不是名词对应方面的矛盾而是前后组合方面的冲突。华裔美国学者叶维廉曾做过一个译诗的尝试，译的结果是：

云和雾在黎明时走向大海，
梅和柳在春天越过了大江[1]。

当然，就译的角度而言，又要尊重原作词序，又要译出的也是诗而不是注释文字，这大约也是最好的选择了。但很明显，原诗中的"曙"和"春"这两个饱含主观情感的意象在译诗中变成了单一的名词，而且意象间的选择余地也消失了，到底是云雾在黎明时走向大海（这是时间状语），还是云雾走向大海后迎来了黎明（这是结果）？杜审言的诗中并未明示，故而给后人留下了再造想象的余地，而在译诗中这种魅力荡然无存。可以想象，如果在叶维廉的英译 *Chinese Poetry—Major Modes and Genres* 一书中，还存在着语种的差异，"失真"的程度将更难以预计——这种失真的标志，即是意象流离失所并被严重稀释。

那么，反向的尝试又是如何状态呢？当我们顺着另一根箭头的指向，去探寻西方现代派诗人对中国古典格律诗的借鉴时，谁都会抱着且听下回分解的态度，去看看欧美人是如何跨越这语言文字的天堑，到东方来挖掘意象宝藏的？

艾兹拉·庞德的迷上中国诗简直纯属误会。首先，他对中文完全是门外汉，一窍不通；其次，他对翻译作品也半生不熟。这两个方面的能力低下，使他与中国格律诗有着先天的隔膜，任何可能发生联系的道路都被堵死了。

（1）*Chinese Poetry–Major Modes and Genres* 叶维廉译。

一个绝对偶然的机会，使庞德成为时代的幸运儿。赐予他这种幸运的，是素昧平生的中国方块字。1920年庞德发表《论中国书面文字》，对中国汉字明确指为象形字，每个中国人在纸上写的字实质上都是组合的图画，如"春"字是太阳在萌发的树木底下；"东"字是太阳在树丛中升起等等。这种字的构架之间的寓意性，使长期使用表音字母的庞德大为惊讶，在他看来，其中分明暗藏着各种不同的意象。

庞德本人当然不可能懂中国的"六书"，他连汉字也不认识，要想在现有汉字（而不是篆书）中找出象形、会意与形声、转注的区别更是痴人说梦。因此，不管是什么汉字在他而言都是有意象深藏着的——方块字本身就已有了个"象"。他及时得到了一个天赐良机。一个毫不相识的日本文学研究者费诺罗沙死后曾留下150册笔记，其中有对汉诗和汉字的注释与解说，当费诺罗沙的遗孀在杂志上看到庞德的诗时，深信只有他才能对亡夫的珍贵笔记进行权威的整理，于是把这批笔记赠予庞德，只有在这时，庞德才开始把朦胧的意象主义意识变成一种有明确宗旨的实践，并找到了一个最有价值的参照系——源远流长的中国古诗。其后，是他学会的翻译帮助了他，得以从对汉字偶像崇拜的机械而狭窄的牢笼中解脱出来，不再在汉字构造中寻求什么别出心裁的发现，而真正开始接触中国格律诗的神奇魅力。格律诗那种连续跳跃的意象切割使庞德和意象派诗人们大为振奋，并为他们的追求提出了一个清晰的来自异域的轮廓。更重要的是，这种跳跃被引进英语世界将是个全新的尝试。李白的《古风第六》中有"惊沙乱海日"一句，到了庞德的译笔下，成了这样的跳跃方式：

惊奇。沙漠的混乱。大海的太阳。
Surprised.　Desert turmoil.　Sea Sun [1].

作为翻译的语义要求，这样的效果当然是很难令人满意的："惊沙"之"惊"未必是指"惊奇"，"乱"的主语也未必单指"沙漠"而言。但这些都无关紧要。中国格律诗的意象凝练和跳跃特征，在庞德的笔下却被完整地保存下来了。这是一种必然遭受极大阻力（因为英语中没有这种缺少转接交代的先例），但又是煞费苦心地成功保存——

---

[1] 参见赵毅衡《意象派与中国古典诗歌》，《外国文学研究》1979年第4期。

"非时序"语式成功地在英语世界中粉墨登场，意象切割与结构"安排"的空间令人心醉神驰。倘若将之与前引的叶维廉对杜审言诗的试译相比，"空间"特征与引人入胜之处不辨自明[1]。有趣的是，叶氏自己对李白此诗的译文是如下的：

惊起的沙迷乱了"瀚海"上的太阳……

作为译文，叶氏译文亦属上乘，因译诗还有个达与信的问题。但倘若只看字面意象，则叶氏的忠于原作正妨碍了他的意象跳跃，无论就字面的境界空阔与气势的宏大而言都较庞德的半生不熟更为削弱。这真是历史开的大玩笑，不懂汉文的洋人只凭直觉与臆测竟取得了比专家更为奇妙的诗境，说它是一出"错中错"，大约是不为过吧？

几乎每一句古诗在庞德的译笔下都产生过差错，在"惊沙乱海日"中，是"惊"字。在"荒城空大漠"一句中，庞德把它译成如下句式：

荒凉的城堡，天空，广袤的沙漠。

李白诗中的"空"并不是名词而是形容词，做空寂、空阔、空荡、空无一物解，但在译诗中却变成了实际存在的"天空"。但这无关紧要，关键问题是，庞德的译笔有韵味，它是绝对的意象至上主义。个别名词的翻译有误，并不足以抵消这种在整个意象氛围和对应情绪表述之间的成功控制。毋庸置疑，这显然是因为庞德始终抓住了意象切割这个内形式基础。

庞德取得了成功，他不仅是把中国诗带进了英美诗坛，他不仅使意象切割（它意味着空间感的加强）获得诗人们的承认，他还以此为出发点掀起了一场名副其实的诗界革命运动。我们之所以以他代表现代派诗歌，正是鉴于他的意象派的众所周知的领袖群伦地位：他们有自编的四本年度诗集，有自己的宣言；更重要的是，在习惯于印欧语系句法结构交代得详尽周到的读者们，对这种单独的意象并列还很不理解时，已

---

[1] *Chinese Poetry—Major Modes and Cenres* 叶维廉译。事实上，叶氏只是拿它作为一个比较的例子，他认为应该有更好的译法。

经在专家们之间出现了一些先知，其后则是众口一词的称颂。艾略特在 1953 年做过一个演讲，他声称："出发点，即人们通常地、便利地认作现代诗歌的起点，是 1910 年左右伦敦的一个名为'意象主义者的团体'。"(1) 1964 年，在对意象派诗集作的短评中，评论员认为："意象派使我们充满了希望，甚至当它本身还并非十分完美的时候，它似乎预示了一种形式：十分完美的诗能够在这个形式中写出。"(2) 英国人彼德·琼斯选编《意象派诗选》，在《编者导论》中明确指出："事实上，意象派的思想仍然处在我们诗歌实践的中心。"(3)

当然，这不是指庞德对中国汉字和中国古典诗的误解而言，仅仅误解是构不成一个现代文学的起点的，应该说，是由于庞德在一个偶然机遇中对汉字产生兴趣并做出误解，最终引导他特别注重意象保存这一事实，成了现代诗歌的总体趋向。与叙事诗相比或与抒情诗相比，庞德的保存意象才是真正空间的、"瞬即呈现的视觉整体"，他反映的只是视觉性的整体构架。

应该花些精力来研究这个曾经被误解的、又成为意象派空间切割理论基石之缘起的汉字。同样地，它也以其有效性使中国的格律诗保持其恒常的空间构筑性格上达千年。它究竟是个什么样的潘多拉的魔盒？

中国的汉字与我们所说的意象有先天的黏合力，特别是在语言文学的环境中是如此。甚至不妨说：中国汉字的意象价值远远超过被庞德们屡作强调的象形特征。西方人尽可以在"春"字中发现有一个太阳在树下出现的视觉结构；在"习"字中发现"白色的翅膀"；在"崧"字中发现"盖满松林的山峰"……但这显然是一种拆字式的玲珑把戏而不算是真正的文学手段。正相反，中国汉字对于"空间诗学"理论所能提示的价值，首先倒是表现在它的表意性。

记得学贯中西的林语堂曾有过一个断言，他认为中国字的最大特征是在于单音节。它很容易被引导出许多令人难以预料的神奇效果。当然，他是站在英文拼音的立场上做此观察的，但是很明显，顺着这个线索深入下去，我们将有可能获得深一层的丰富宝藏。

（1）［英］T.S 艾略特《美国文字与美国语言》，转引自［英］彼得·琼斯《意象派诗选·编者导论》。
（2）《时代文学增刊》，同上引。
（3）［英］彼得·琼斯《意象派诗选·编者导论》第 2 页。

单音节是个语言现象而不是文字现象。欧洲之所以没有出现过象形的文字和文学，首音对子音浪费严重，而它的缀合变化在音上的调节幅度又太大，故而它所需要的文字媒介是一种分析意义上的字母——相对于中国文字的方块形整体感（亦即造型感），需要一连串字母进行缀合的拼音自然更多地取分析（零散）的态势而不是综合（整体）的态势。

如果说在语言的胚胎阶段就能见出其后来发展的大致趋向，那么我很愿意指出：任何文字的产生总先取决于语言（语音）的产生。一个最典型的事实是，即使在日本（当时叫"倭"），根本没有自己的文化，但只要它保存了本民族的语言，即便没有合适的文字形式将语音固定下来，它也总能绝处逢生。"万叶假名"的出现和用中国汉字标记日本语音，其后则是减损汉字笔画以构成日本字母——假名，这一过程正表明了文字的价值是第二位的，只要有了语言（语音）组织，没有文字或不存在创造文字能力的民族，借也能借出一种文字形态来为语言所用。

那么，是汉字的存在决定一切么？当然不是，首先是先民们的单音节语言起了决定性作用。如果说早期中国确有一个象形文字阶段，那么它最初的目的显然是为了应用于记录单音节语言，它是发音记号、只不过是一种较原始的、缺乏抽象表现的发音记号。

无疑，在单音节的限制下，文字作为发声记号的形态当然不是十分严格而精确的。即使是原始部落中发声能力十分低下，但那时的文字记号也同样低下，这种同步关系决定了中国汉字绝不是一种更适合听或读的文字，而是一种视的文字：语言缺乏表声的形式媒介，但语言又限制了表声的形式媒介，这是一个令人扼腕三叹的悖论现象。举个最简单的例子，在六书中有"形声"一说，汉代许慎指出："以事为名，取譬相成。"[1]实际上即是在意符中再加上一个声符。它是汉字表音的正流。它的存在，完全是针对汉字记音能力——实质上是从单音节语言状态而来的，没有一个人会忽略中国文字的同音异义现象。一个"包"字可以表示十几种含义；为了要区别这种种不同的含义，不得不以此为音符，再配上一个意符。如包字加手，成怀抱之"抱"；加足，成奔跑之"跑"；加衣，成棉袍之"袍"；加食，成吃饱之"饱"；加火，成火炮之"炮"；加肉，成胎胞

（1）参见汉许慎《说文解字序》。

之"胞";加草，成花苞之"苞";加口，成咆哮之"咆";加雨，成冰雹之"雹";加水，成泡沫之"泡"[1]……如果没有这样的确定意符，一句古文或一首诗可以令观者不知所云，即使有四声的帮衬也无济于事。

　　故而在一个通常的环境中，"心诚"与"新城"之间是完全无法分辨的。单音组合的汉字特征，首先当然取决于古代人发声的单调状态，其次则表示汉字缀合音节将完全不同于印欧语系的特点。就一般的文字学研究中，学者们常常以为表形→表意→表音是基本规律，但这是文字学角度而不是文化角度。任何一个原始部落，其思维必须先通过语言（音）表达，文字是记录音而不是义（当然事实上它也已兼有了义），因此，系统的表音特征也许各有先后；原始的表音则必然先于形——如果我们不把原始人的视觉表达也算作文字的话，严格说来，这是一种美术而不是语言文字。

　　单音组合的汉字在上述的种种不方便读也不方便听的结论出现后，理所当然地成为一种视的文字而不是听的文字，它的外观的整体性与结构性（即方块）有效地证实了这一点，就像印欧语系的分析性和连缀性也同样有效地证实了彼一点。如果再考虑到汉字相对强大的象形基础，那么中国汉字的意象（它首先表现为一种形象的视觉构架）特征应运而生——不仅是外观的可视意义上的意象性；还表现在于单个汉字本身标值意象的独立性和浓缩性，它显然是不依靠连缀方式的。最早的象形字多以具体可识的事物名称与行动为表达对象，已经向我们透出其中关钮。

　　形声字的出现只是一个文字意义上的讨论线索，另一根同样饶有趣味的线索仍系在语言这棵大树上。我们可以叫它"盲文分家"。

　　书写的文字与口说的文字显然是不同的。在古汉语中，不但有对"声"发生阻遏的同音异义现象，而且还有对"义"发生阻遏作用的言文同用现象。比如，我们在口语中一般常说"乡村""乡下"，而不直说"乡"字，因为这样的单音字很难与同音的"香""箱""襄""湘"字作区别。但在文章中则根本不必多此一举而直书可也。视的文字在语言环境中竟是如此的步履艰难、捉襟见肘，究竟反映出一个什么性质的问题呢？很明显，它表明中国汉字的文言更是视觉的，如果说我们在形声字中窥出一个初步的视觉特征——"同音异义"的原因；那么在文言文中则可窥出一个进一层的视觉

（1）参见林语堂《文学生活·语言与思想》，《吾国与吾民》第239页。

特征——"言文同用"的特征。

关键是在于言文同用一种文字媒介。在古代根本没有一个专供口语使用的文字形式，口语的明白晓畅的应用要求，从反面推动了文言文字的更倾向于视觉。于是，造成了中国文字语言领域中奇特的言文分家。读者一定还记得我对中国新诗的出发点的分析。新诗是针对言文分家的陋习进行社会意义上的冲击，这种冲击竟至要掀起一场急风暴雨式的"五四"新文化、新文学运动并伴随着如此深刻的社会大变革，即此也可从反面见出言文分家陋习对中国文化的浸淫之深重和为害之烈了。它当然不只限于一个读不懂的西方人，事实上我们对自己的古典文献也未必能懂，注释与阐释仍然是现代人对典籍进行研究时必不可少的拐杖，但这种对文献的隔膜是历史所造成的。正如中国古诗的入声字在现在的北方语言中已不存在，必须把它作为一个专门知识来讲解一样；或者亦如"早知潮有信,嫁与弄潮儿"⁽¹⁾的"儿"字应读吴音（ni）而不读正音（er）一样，这些都是自然淘汰造成的；中国文化在文字范围内的言文分家，却纯粹出自人为，像汉赋的排比铺陈与樊宗师的诡谲难懂便是两个典型，宋词的婉约派如吴梦窗的"如七宝楼台，碎拆下来，不成片段"⁽²⁾也是一种典型，即便是韩愈的古文运动，似乎是反对骈文的铺饰，要返回诗经时代的言文统一中去了，但我们看到的结果则是从汉后返回到两周去，仍然是佶屈聱牙、令人望而生畏的古文而不是口语化。袁中郎倡导以当时日常语言写作，结果挨了"粗俗不雅""轻佻琐细""非正统"的一顿指斥，持续四百多年不得抬头翻身。

是人为的，当然不是某个人所为而是整个社会与时代的群体所为的。强调文字应当"雅"、应当"正统"，明显地反映出中国人对文字的崇拜意识，这种崇拜是与对语言的漫不经心态度对比出来的。研究专门的语言学或方言学，自古以来都是学术中的一个小小分支，倘若没有清代全面的考据小学风，它还是末技，而文章却可以是经国盛事！自然，文化的最主要标志是文字，语言却是庶民百姓人人得而有之，士大夫和官僚缙绅们以掌握文字为自炫，当然造成了对文字的莫名崇拜——它代表着权力与权威。

（1） 唐李益《江南曲》，"儿"字《佩文韵府》属"八齐"部，《说文解字》注："汝移切。"
（2） 宋张炎《清空》有云："吴梦窗词如七宝楼台,眩人眼目,碎拆下来,不成片段。"《词源》第16页。

这就是中国汉字所拥有的最大优势及其历史依据与文化心理依据。尽管我们在第一章中大谈新诗与西方现代派诗，但事实则是：空间诗学的最佳生存环境显然是在中国、在汉字这个文化的"物质"基础之上。因此，更多的空间架构式的意象主义追求似乎应该在中国诗坛——如果说新诗由于热衷于向西方浪漫派抒情诗去寻求借鉴、并努力打破传统的文言与口语的差距，因此显得还不那么纯粹的话；那么合理的推测则早已出现：空间诗学的最典型成果必然聚集在格律诗（包括词）这个载体上。格律诗具有明确的汉字基础，又是最地道的文言格式，遑论在艺术技巧上的发挥，即使是这两个基础，已经足以睥睨一切了。

庞德的选择无疑是一种先知的选择。他准确地捕捉到了中国诗这个精灵。当然，值得我们叹惜的是，庞德的成功只是一种抽象意识方面的成功，实际上他也许未必尽能如意。他的引进与嫁接固然在一定程度上令西方诗坛震惊不已，但他面对着的是一个更大的无法逾越的泥潭，这就是语言文字。与中国汉字有着质的不同的印欧语系诸语种，是一个无法改变的现实，它们绝对缺乏汉字的单音节和词的意象深度，而它们的连缀又使得名词之间的"脱空"变得荒诞不已。句法标记没有了，因果环节也没有了。对汉诗作翻译，因为读者心中已先存了个原型，有时颇觉得别开生面；而在意象派的自作诗中，这样的情况就难以令人接受了。试比较两段诗，一段是翻译，原型是柳宗元的《江雪》：

孤独的船。竹笠。一个老人
钓着鱼：冰冻的河。雪。(1)

另一段是创作：

秋月；山临湖而起。(2)

（1）*Chinese poetry—Major Modes and Genres* 叶维廉译。
（2）[美]庞德《诗章》第49页。

前一首显然更能引起读者的兴趣，但这无非是柳宗元的诗在我们脑海中已有了个先入为主的好印象，看到同一境界被用不同的排列方式表达出来，觉得同样有趣而已。后一句之所以令人惘然，恰恰因为它过于陌生，读者没有产生一种预知的心理期待，故而感到它不知所云了。这还是个白话诗的类型，如果再还原到英文，再置放到素来习惯于语法关系交代清晰的文化环境中去，其突兀与费解之感更是难以逆料。故而我们可以明确地说：空间诗学的生存环境是偏于中国式的。没有汉字这个出发点，所谓的空间或意象就不能获得典型意义，至于结构的成形更是难以离开汉字。应该强调，这是本书总的立足点。

仅仅局限于汉字的象形痕迹而指它有能力塑造意象，显然是十分粗浅的结论。早期的庞德正处在这样一个粗浅的层次上。

我们应该对意象之形作一甄别：它当然不是指每个名词背后所代表的实义，如大小多少宽窄长短乃至一般指事记名之类，在空间诗学中，这个形是指意象自身组合的结构之形。如果说一般名词背后的形是一个具体的"物"因而也就有了具体之形——具象的话，那么我们所想论证的形是指意象元件在每一首诗中所处的不同位置以及这种种位置之间所显示出的一种结构关系——抽象之形。它指的是一种框架。

所有的西方美学家们几乎不约而同地认为，文学艺术是一个独立的"话语的宇宙"。这个宇宙中有着自足的框架并具有强大的力量。想象力和充沛的情感对于一个诗人是不可或缺的，但如果诗人只是沉溺于发挥自己的情感和本能冲动而忽略理性的指引和控制，则他绝不可能达到完美的境界。莎士比亚在他的《仲夏夜之梦》第五幕中写道：

> 想象能使闻所未闻的东西
> 具有形式，诗人的莲花妙笔
> 赋予它们以形状，从而虚无缥缈之物
> 也有了它们的居所与名字。

这虽然是指想象对象（它偏于诗的内容部分）而言，但同样足以与我们的意象之形获得相同的价值。符号学领袖恩·卡西尔曾毫不犹豫地指出："艺术确实是表现的，但是如果没有构型，它就不可能表现。而这种构型过程是在某种感性媒介物中进行的。"[1]卡西尔的构型，即相当于我们所说的诗的空间构架。赵执信《谈龙录》载："昉思（洪升）嫉时俗之无章也，曰：'诗如龙然，首、尾、爪、角、鳞、鬣一不具，非龙也。'"[2]要之也是从一个侧面提出了诗的构架问题。

诗是以形象、声韵、语词写成的，当诗赋予形象（它往往最初表现为内容）以多层的或围绕某个虚拟轴心展开的丰富寓意时，诗的意象就成了它的最重要元素。既然声韵在诗——不管是中国格律诗还是英文诗中——是个自足的系统，有着内在的规定；那么意象当然也会有一个自足系统。它们之间的不可分割的统一性与差异性，必然导致其内部生成一个结构性。

构型虽然是抽象的，自足系统虽然只是一个似真的存在而还停留在思辨的层次上，但在中国人看来，没有纯粹抽象的东西。只要它是空间的、就必然是可视的。这"可视"二字就保证了意象结构之形仍然可以描绘与把握。同此道理，只要形存在，也不会决然具象的。中国人的美学中没有"模仿说"，在视的绘画中，中国人也从不曾有过古典油画的写实性格与现代派中的照相现实主义，即可见对这种尺度的坚定把握。一切艺术之形，都是一种"人心营构之象"。章学诚在他的《文史通义·易教下》中有一段并非那么学究气的论断：

> 有天地自然之象，有人心营构之象。天地自然之象，《说卦》为天为圜诸条，约略足以尽之。人心营构之象，睽车之载鬼，翰音之登天，意之所至，无不可也。然而心虚则用灵，人累于天地之间，不能不受阴阳之消息。心之营构，则情之交易为之也。情之交易，感于人世之接构，而乘于阴阳倚伏为之也。是则人心营构之象，亦出天地自然之象。

这种论调当然很有些玄学家风度。不过章学诚指出了一个主客观之间互倚互生的真理："人心营构之象。"是不同于一般意义上的绘画那样的"天地自然之象"，它有自足的抽象构架即"构型"。但它既要有型，就不得不受天地自然之象的控制与提示。另

（1）[德]卡西尔《人论》第180页。
（2）赵执信《谈龙录》，人民文学出版社，1981年，第5页。

方面，它是一个自足的本体，显示出的不是天地自然的外观表象，而是具有质的支撑的浓度极高的结构，诗的意象结构大类如是。

有证据表明，除了印象派以后的现代主义绘画，就是比较忠实于客体对象的模仿式的古典油画，其实也已经是在抽取外观之象了。至于写意式的中国画与书法更是绝非具象。这是视觉艺术内部的事。结论的比较标准，是它们都与实在的对象之形有了取舍的距离。但是，诗并没有一个对象之形的比较点，它本身应该是非视觉的（请注意这里"视觉"一词与上述论证中视觉概念的层次差别），它的"人心营构之象"从何比较起？如果我们以意象的形的最初理解——象形字所代表的实物意义而言，倒还有个对比的可能，可是这种对比刚刚又被我们坚决否定了。

诗的意象结构的"人心营构"，当然也不得不以广义上的视觉为前提。它必须有某些似真的"视觉内容"为前提，不然是落不到"象"的位置上去的，更构不成一种空间意义上的"形"。就诗的意象安排而言，它的某些安排习惯或安排法则体现出了明显的规律性。规律性或原理性当然是相对于直观具体的一种抽象，但又来自直观具体。比如，我们在天地万物中发现了各种对称现象，人物、飞禽、走兽乃至花草树木，在外形上都遵循着这个对称法则。说句调侃语，就是象形文字上也都是对称法则的灵活运用。于是，对称就从具体的人物走兽现象中抽取出来变成一种抽象的规定。当诗人在进行意象组合的构型时，因为构型本身是一种空间意蕴的、仿佛可视的效果，对称就被引用入内，成为诗的意象组合的一条空间意义的结构法则。请看下面几组例子：

   唐 杜甫《咏怀古迹》
  三峡楼台淹日月
  五溪衣服共云山

   现代 戴望舒《印象》
  是飘落深谷去的
  幽微的铃声吧
  是航到烟水去的
  小小的渔船吧

如果是青色的真珠

　　它已堕到古井的暗水里

　　美国　布莱《秋雨读书》

　　田野又一次昏暗
　　　·······
　　宿愁已经离去

　　我伸出手臂

　　拉入怀抱：那黑色的田野
　　　　　　　　·······

　　当然，还是不得不说明一下：对称可以是外形式的，也可以是内形式的。杜甫的例子是内外形式都对称，而且由于格律的限制，是一种一目了然的对称，戴望舒与之相去不远。布莱的例子则是一种内形式的对称。通常我们不必细分。当然更要说明的是：对称也有正反，有的是反意象相对，有的是正意象相对。"昏暗"与"黑色"是相近意象的相对，统一在"田野"的共同点上，但如果用"昏暗"与"光明"作对，也还是一种对称方式。

　　毋庸置疑，这种意象之间的组织安排，是赋予了散乱的意象元件以一个秩序严密的结构外形的。对称只是一个例子，还有许多其他的"视觉法则"，只要诗的意象有一种空间需求，它就必然会有外形。在这一认识起点上，我们不妨说意象之形也就是一种空间形象——当然是有别于通常所指的视觉具象，而是一种模拟的抽象性格的但又是实际存在的结构形象。把上述三例中打点的部分提取出来，我们会发现它们处在相同的语句位置上并表现出一种相近的语法关系，这是可视的一面；而把每一名词所表达的意象整理出来看它们相同的功用并提示相等的厚度与浓度，这是可想的一面，这两个方面都是足以构成诗的内外形式空间的。而从它的能动特点去理解，这不正是章学诚的"人心营构之象"吗？

　　还是卡西尔的话："艺术家不仅必须感受事物的内在意义和它们的道德生命，他还必须给他的感情以外形。艺术想象的最高最独特的力量表现在后一种活动中。外形化意味着不只体现在看得见或摸得着的某种特殊的物质媒介如黏土、青铜、大理石中，而是体现在激发美感的形式中：韵律、色调、线条和布局以及具有立体感的造型。在艺术品中，正是这些形式的结构、平衡和秩序感染了我们。"[1]

如果不是靠但丁的措辞和诗体的魔力而塑成的新形态，《地狱篇》中的恐怖就将是永远无法减轻的恐怖，而《天堂篇》的狂喜就是不可能实现的梦想。

关于符号。

任何一种语言文字实质上都是一种符号。

德国生物学家乌克威尔的《理论生物学》指出："有多少种不同的生物体，实在也就具有多少种不同的组合与样式。可以说，每一种生物体都是一个单子式的存在物：它有它自己的世界，因为它有它自己的经验。"因此他坚决认为，在苍蝇的世界中就只有"苍蝇的事物"，在海胆的世界中就只有"海胆的事物"——对我们而言，这意味着在诗的世界里就只有"诗的事物"，诗在文学大家庭中也是一个独特的组合样式，它同样具有单子式特征。

符号学专家们从乌克威尔的理论假设中获得了一个极有价值的启示：这一理论能够用来描述并充分表示人类世界的特征吗？通常而言人也不可能有什么例外。但符号学认为，人之不同于其他生物的特点是在于，它除了一般动物所具有的感受器系统与效应器系统之外，还有第三个系统：符号系统。对人而言，他不是生活在一个单纯的物理宇宙之中，而是生活一个符号宇宙之中。语言、神话、艺术与宗教则是这个符号宇宙的各部分，它们是织成符号之网的不同丝线。[2]

建立在语言（进一步是文字）基础上的诗，当然是这个泛文化符号宇宙中的一个分支结构：首先，语言文字本身就是实在的符号，它比作为哲学本体的符号容易理解得多。

我们无意去探讨符号学的那些哲学课题，只对作为诗的实际符号的功能感兴趣。符号当然只是用来记事，但真正的符号并不等于记号，在一个个"+、−、×、÷"的记号中，信息传达的直接、明晰、准确无误是第一要义，记号所表示的含义与所指客体之间是一对一的对应关系，不允许增加也不可能减少其标示的量，更毋论质。作为记事的工具，它可谓是最忠实的奴仆。但是，人类的社会活动与思维活动并不都是简单的事，在标记一些复杂的、积淀有深刻观念内容时，某些记号被引入了符号层次。

---

(1)[德]卡西尔《人论》第196页。
(2)同上，第33页。

即如我们在最原始的象形字中发现"☉"字，在当时它只是一种记号。待到人的思维丰富而复杂化之后，赋予它们以光明的、正格的、辉煌的乃至更进一层的正义的、进步的等等观念内容之后，这个"日"字便成了一种符号而不再是记号，它能有效地标志某种情绪、观念和象征。它能给主体以想象的空间并提示出一种大致上的发展趋向，当然它相比于记号更具有审美联想的功能。人类的想象不可能是一种简单记事的模式，因此想象所凭借的成形方式是符号，文学是一种情感的符号形式而不是指事的记号。

符号的功能使语言文字具有一种张力的特征。一个符号的出现并不意味着单是一个事实的出现，而是一个想象空间的出现，如果还是用视觉立场去看，那么每个符号的想象空间当然也包括了纵横两个轴线。一个"太阳"，可以成为光明的象征；第二、三层的空间伸延则是积极向上的、健康乐观的、光辉灿烂的……没有轴线的规定当然不可能如此，没有人会从太阳的符号讯息中伸延出潮湿、阴暗、隐晦、沉闷的情绪基调，这就是轴心的规定。

从结构的角度去看这种符号的"想象空间"的纵横轴线，我觉得当以索绪尔在《普通语言学教程》中的论述为最能说明问题。索绪尔把语言分为"历时"的横组合和"共时"的纵组合两个维。语言的行进遵照时间的顺序依次出现，这是历时性，语言自身的符号规定与想象空间的规定则是一种共时性。比如：

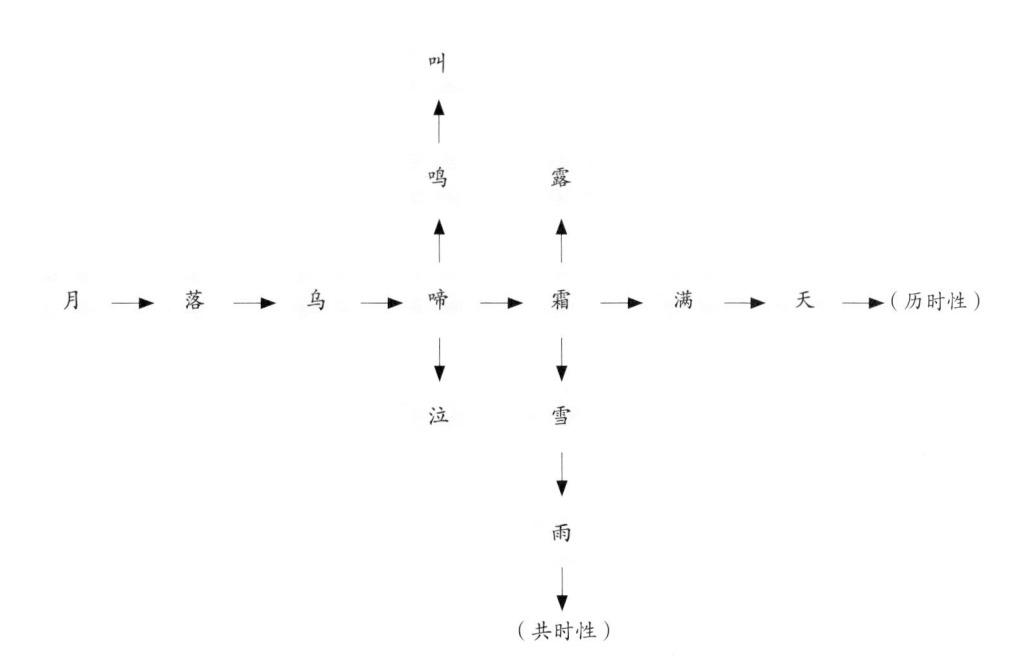

```
              叫
              ↑
              鸣       露
              ↑       ↑
月 → 落 → 乌 → 啼 → 霜 → 满 → 天 →（历时性）
              ↓       ↓
              泣       雪
                      ↓
                      雨
                      ↓
                   （共时性）
```

如果说历时性是一种符号空间的延伸或持续，那么共时性则是一种符号空间的并列选择。未被选用的"鸣""泣""雪""露"等字虽然看起来纯属子虚乌有，但正是它们的潜在提示帮助确定了"啼""霜"这两个意象的定在。它们的对比使意象显得更成功和完美。

因此，我们看到的每一个字的出现，都不是一种平面意象的出现，而是一种立体空间的出现。通过句式的连缀，它们当然不再是平面的连续，而是空间连续。所谓的意象更具有厚度、或意象较形象更立体，我想部分的就是指这一性格。符号的"想象空间"的确立而不是记事的功能，所指的也正是这一性格。

在语境比如是诗的环境规定中，符号讯息的意义越是清晰，符号组织结构的秩序越有规律，其所含的实际信息量就越高而秩序散乱序列无规则的符号信息量肯定低。其原因是：符号意义越清晰，"想象空间"的成形与连锁反应就越有可能呈现，多含义并列选择的可能性也就越大，意义的清晰使进一步延伸找到了一个稳定的出发点，亦如建高楼大厦其地基的质量越要求坚固可靠一样。含混的符号和混乱的秩序使想象空间自身难以构形，并且也不知道自己应该向哪个方向进行延伸。

虽然我们从中感受到的是一种逻辑性格——延伸的因果问题；但是更应该加以把握的，倒是它的象征性格。当我们在逻辑的"想象空间"延伸中断时，实际上最受损害的并不是这种线路的中断，而是象征可能性的中断，空间本身在这种中断中濒临崩溃塌陷。而语言文字符号的想象空间的崩溃，亦意味着符号必将退化为指事的记号。

应该承认，索绪尔的"历时"与"共时"的概念并不是专门指诗而言的，这是一种普通语言之间共有的现象。只不过从诗的角度解释更易懂一些而已。人的符号系统的存在是一种真正的"存在"而不是"定在"。这种系统之存身于社会与人之间，并不是哪一个人的主观愿望。即使有人不愿意接受这个符号宇宙的事实，但他也被迫不得不在其中随遇而安。因此，索绪尔指出的，是一个被动的社会文化现象而不是一个主观决定去取的人为构造。所谓的"想象空间"之对于符号的支持作用，首先应该是存在于语言文字这个实用的环境之中而未必是文学的环境之中，亦即是说，不管是纯粹"顺时序"的叙述文字或小说还是"非时序"的意象诗，尽管我们对它有着严格的区分并有专门的界线，但在索绪尔的"历时"与"共时"概念中却是同类型的、不必细分的。最浅近的白话文或口语，也应当具备纵横两个轴心。

索绪尔并没有为我们做出直接的证明，但提供了一个证明所必须的基础。符号的"想象空间"在实用文字意义上是证明思维习性而不是证明文学如诗的特征的，但是它却为诗揭示了一个了不起的真理：符号的象征和空间构筑的可能性；就象征的对应物——实体而言，符号表达了一种象征与实体之间的对应关系，这是一种逻辑规定；就象征的空间构筑——框架而言；符号表达了它自身的独立性格与框架的整体可视画面，这是一种形式规定。索绪尔的语言学目标使他热衷于前者，我们的诗学研究目标决定了我们倾心于后者：形式的规定。空间诗学当然不研究诗说了些什么，它关心的是诗是怎么说的。

符号性越明显，形式媒介的作用就越大，因为它不再满足于具体的"是什么"课题而致力于"怎么构成"。由是，我们可以从索绪尔的被动解释"想象空间"进入到课题所需要的主动构筑"想象空间"的范畴。我们希望能动地掌握它并支配它，而不是消极地对它作现象分析，诗的特点迫使我们这样去考虑问题——符号本身可以提供一个结构的想象空间，我们能否去结构一下符号的整体结构空间？

从系统论去看，前者的符号提供的想象空间无疑是一个以符号为终极结果的子系统，而后者的结构符号的要求却是一个以符号为起始点的更高一层的母系统。这样，我们就摆脱了具体的语言学层次而走向文学的体裁学层次，我们以本是结果的符号为元素，构成一个更大范围的结构。诗，正是一个这样的结构。所谓的符号"性"，这个"性"字即包含了作为元素的符号在诗的构型过程中的作用内容。按照符号性越强形式媒介作用越大的规律，诗即可以说是在所有的文学体裁中最富于形式意蕴的类型。自然多余的伸延也许还有：意象派诗歌比起那些叙事史诗来当然也更富于形式感。

符号本身的"历时"与"共时"构成了一个子系统以与诗的结构的母系统相对，这是一种整体与局部之间的统摄关系，它的含义差别即在于前者是语言的，后者是文学的。但还有另一个关系：主观与客观（或者说是主动与被动）。

在"共时性"与"历时性"的纵横两轴上展开，虽然也是一种文化现象，也是思维的产物，但它从普遍角度上说是一种被动的客观存在。正如我们在"月落乌啼霜满天"例中，发现要界定"啼"字含义质量优劣的最好办法是抽出"泣""鸣"等字来比较，比较当然是主动的。但也许没有人会进行真实的按部就班的比较，人们在品味这个"啼"字妙处时不会去机械地选取其他词，一切都已经在不知不觉的潜意识中早已被筛选对比过了，这是一种潜意识的习惯所致，人自己并没有感觉到。正是在这个意义上，我们说它已经成为一种客观存在的事实状态，它是必然的、可以预料的结果。

而在诗这个文学体裁中对语言文字符号进行构型时，每个诗人却都是煞费苦心，反复斟酌过的，潜意识的预想结果变成了人为的选择与推敲。每个人的选择推敲都有他自己的审美依据而呈现出各不相同的风采。"两句三年得，一吟双泪流"指的就是这种选择的主动性，我们不由得想起欧阳修《六一诗话》中举过的一个名例：

> （陈舍人从易）偶得杜集旧本，文多脱误。至《送蔡都尉诗》云："身轻一鸟□"，其下脱一字。陈公因与数客各用一字补之：或云"疾"，或云"落"，或云"下"，或云"度"，莫能定。其后得善本，乃是"身轻一鸟过"。陈公叹服，以为虽一字，诸君亦不能到也。

杜甫的构型与陈从易及数客的构型显然有别，这应该是一种人为的选择而不是客观的预定。当然，欧阳修此例还只涉及某一字的修辞价值，作为构型的完整含义还嫌不够确切（因为它还不是一种句型安排而只是意象挑选，于空间结构影响不大），苏轼的《东坡志林》中有一段对杜诗的诠解也许更能说明这个问题："杜子美诗云：'白鸥没浩荡，万里谁能驯。'盖灭没于烟波间耳。而宋敏求谓余曰：鸥不解没，改作'波'字……便觉一篇神气索然也。"在杜甫诗中，"没"指灭没，意即白鸥隐现于波荡之间，因此它是主谓结构，一旦改成白鸥波浩荡，白鸥变成了修饰语，修饰"波"这个主语，就把整句诗的结构即构型关系全部改变：名→动→各的结构变成了名→形结构。抛开它的是非评价不谈，其间所表现出的即是一种主动的非预定的选择差异，它是使然的、不可预料的，诗人在此中起着决定性作用。

以符号为起点。

当我们在构筑一个符号世界时，根据诗的法则，我们其实是在放进一个关系。不管诗人承认与否，这个关系中所包含的主观色彩是无法掩盖的。欧阳修的例子与苏东坡的例子向我们展示出的种种差异，正是各位主人公放进的是自己心目中的关系，而这些关系间必然产生差异的缘故。英国批评家瑞恰慈指出："当我们用突然的、惊人的方式把两个完全不同的东西放在一起时，最重要的事是用意识努力把这两者结合起来，正因为缺乏清晰陈述的中间环节，我们读解时就必须放进一个关系，这就是诗的力量的主要来源。"[1]瑞恰慈指的是读者必须放进关系，但读者这样做的先决条件是诗中原来就有一种关系，这个关系是诗人赋予的。平铺直叙的叙事诗之所以严格地说缺乏强烈的诗感，即便是宏大的历史题材也帮不了它的忙，很大程度上也正是这个原因。

形象或主题是一种存在物质，人人得而用之，如何把形象纳入一定的空间结构中去，让它在特定位置中变成多层次的厚实意象，这是诗人热衷的第一个工作。第二个工作则是诗人以意象为元素进行第二轮回的组织，用一种特殊的关系把它们缀合成一个结构整体并体现出一种实在空间。只有这两项工作获得完美成功，诗才成为真正的诗。一个很明显的对比是，"顺时序"的史诗模式是一种叙述式的，它很少意象色彩也不考虑空间结构，故而读者沿着历时过程读下去，作者也沿着历时过程写下去。而"非时序"的意象诗模式则是一种孤立的联合，孤立指它的意象质点而言，连合指赋予它的关系而言。按瑞恰慈的观点，这种孤立的联合是最有力量的。索绪尔的纵横轴线在叙事诗中也可以存在，而瑞恰慈的关系却必须在跳跃性强的抒情诗主要是意象诗中存在。前者是语言的，后者是文学的。

"放进一个关系"意味着一种创作方法内容的被重视。它是空间诗学获得确定的有力证据，与卡西尔的构型在本质上是一致的。它代表了空间诗学在创作主体方面的基本要求。

顺着瑞恰慈的启发，我们找到了另一个面：读者。

按传统观念，读者当然只可能据有被动接受的位置，因此它相对于创作主体而言，是客体对象。不过，这样的认识现在看来似乎有些"背时"。接受美学的兴起使读者反客为主，成了作品的主宰。诗的语法分析（可扩大为结构分析）至多只能说明语法，而无助于说明"诗和读者的接触"[2]，当然就更无助于说明诗的效果——诗的效果评定者是读者而不是作者。效果的评定当然还只是一种价值取向，是非优劣只是一个笼统的大判断，而诗的效果本身却可以有更细腻几百倍的差异，这种差异作者完全无法控制，它之如何被人处理和理解成什么样，取决于接受者即读者。"作者带来文字，读者则自

（1）［英］瑞恰慈 *The Philosophy of Rhetoric* 第 4 页。
（2）里法代尔《描述诗的结构：分析波德莱尔〈猫〉的两种方法》，《读者反应批评》第 36 页。

带意义"[1]，这样的现象并不是在开玩笑。德国学者沃尔夫岗·伊塞尔指出，"文学的本文写出的部分给我们知识，但只有没写出的部分才给我们想见事物的机会。没有未定成分，没有本文的空白，我们就不可能发挥想象"。[2]

请注意，未定成分与空白指的可以不是同一回事。在空间诗学的论题中，空白指的是结构所导致的实与虚的位置间隔，而未定指的则是一种总体上的朦胧意象，比如王维《酬张少府》后四句："松风吹解带，山月照弹琴。君问穷通理，渔歌入浦深。"从"君问穷通理"到"渔歌入浦深"的转接技巧，即是空白的技巧，因为"渔歌"句并没有直接针对所问之理，而是跳荡开去，顾左右而言他，这当然切断了原来曾被预料应该有回答的阅读期待，产生了一种空白结构。至于未定，则在"渔歌入浦深"一句给人的印象含混中表现出来，理被隐含在这个景中却不显现，使人似有所悟却又什么也没直接得到。因此，我们可以将伊塞尔的未定与空白作一划分，前者指意象所指——偏于内容，后者指意象间的关系——偏于形式。空间诗学对后者更有兴趣。

读者对诗作的理解与阐释如果也能构成一个美学基点，首先当然取决于诗本身的空白与未定的强弱。毋庸置疑，接受美学并不是只针对诗而言，小说、散文、戏剧、电影乃至绘画、音乐，都是它的研究对象，而在这名目繁多的艺术种类中，并不都有空白与未定，即使有也不必与诗的间隔方法一致。比如，在经典名作《红楼梦》中，并没有什么"非时序"的意象切割空间，它完全是叙述性的，但一千个读者心中就有一千个林黛玉，这就是接受美学的研究内容。那么，对于我们诗学立场而言，它究竟能带来什么实际好处呢？

回过头去品味一下章学诚的"人心营构之象"，是很有收益的。当我们在已有的讨论中指出诗的结构是创作者（诗人）的人心营构时，我们当然是指出了一个真理，没有诗人的营构就不会有诗这一体裁的出现。但我们恰恰忘记了，在读者这一方面，当每个读者在阅读诗时，他们难道不也有一个人心营构的要求么？被阅读的文字是一个干巴巴的符号，如果没有把文字还原成形象——再造想象，则读诗与读数学论文一样枯燥无味，引不出丝毫审美内容来了。可以肯定，没有一种文学的欣赏是在缺乏再造

（1）参见张隆溪《二十世纪西方文论述评》第190页，此语为引自［加］弗莱《威严的匀称》。
（2）［德］沃·伊塞尔《阅读过程的现象学研究》，《读者反应批评》第57页。

想象的前提下获得的。

文学当然不是绘画。绘画所提供的本身就是形象，观众在看画时无须再造想象：形象早已为他准备妥帖了，但文学所凭借的媒介是符号，它是通过每个字的意义连缀而不是直觉形象来构成自身体格的，这种意义连缀最后如果不被浓缩在似视的形象之中就毫无意义。"踏花归去马蹄香"，"香"当然是个无法用形象再现出来的所指，但如果在读了这句诗后连马蹄行进的形象也产生不出来，那就不是欣赏文学作品了，聪明的作画者不但要把马蹄画出来，还要用几只追逐在马蹄周围的蝴蝶来表达本不可视的"香"，(1) 这正是形象思维能力的妙用。因此，读者并非是在被动地读诗的文字，每一个读者都必然在读诗过程中把诗的意象还原为一种空间形象，一千个林黛玉的产生即是一千个读者对再造想象的必然应用，不这样他们是无法获得审美享受的。

值得指出的是：这种再造想象与我们的人心营构之象还有些差异。很明显，再造想象是指向作品内容表达的，而人心营构之象则指向作品的形式构造，我们当然很难设想会有这样的读者，他们对诗的意象结构津津乐道。一般说来这是诗学专家们的事，仅仅希望获得审美愉悦的读者大多数不会去关心这类理性的分析工作，因此，再造想象已经接近空间的概念，但离空间诗学的硬核部分还有距离。

读者的营构以再造想象为起点，至于它所选择的行进轨道，是"预期"。这是一个心理学方面的问题。波兰哲学家罗曼·英伽顿指出："文学作品的本文只能提供一个多层次多侧面的结构框架，其中留下了许多未定点，只有在读者一面阅读一面将它具体化时，作品的主题意义才逐渐表现出来。"(2) 这个"未定点"，部分地可以理解为伊塞尔的"空白"。

问题的难点是我们在看"营构之象"时，是把它作为一个已完成的结构从一个剖面角度去进行的。这本来是个"空间"的剖面，而如果考察一下阅读诗时的具体情况即会发现，这样的剖面立场并不合于事实。读者在读诗时，是沿一个时间的链环逐节行进的。这即是说，当读者在进行再造想象时，他并不是一瞬间把所有诗行同时看完并构成一个总体的"形象"；正相反，他是沿着次序逐节而入，先有第一个意象，然后

---

(1) 转引郑午昌《中国画学全史》第 202 页。
(2) [波] 英伽顿《论文学艺术品的认识》第 32 页。

是第二个……诗全部读完,他脑海中是各组意象之间的叠加,有如我们把许多底片叠在一起一样,位置最后的最高层的这张"底片"是按时间顺序读者最后读到的词。叠加之间的空白间隔以及这种空白对意象的催化作用,还有不同意象在重叠后产生的化合反应,便是读者最后获得的再造想象结果所凭借的依据。

内容结论的获得有赖于形式所提供的支持。在读者进行再造想象时,他面对着的是一个个意象的前后串接,这是一种节奏的前后分布而不是"和弦"。英伽顿分析阅读时指出,读者在阅读过程中使用着一连串的语句思维,"我们在完成一个语句的思维之后,就预备好想出下一句的'接续'——也就是和我们刚才思考过的句子可以连接起来的另一个语句。"(1)这样,一个读者在读诗时,不但词所提供的内容形象不断刺激着他,而且对下一句的意象接续的探究也不断鞭策着他,这仍然是一个纵横轴心的结构关系,如下图式:

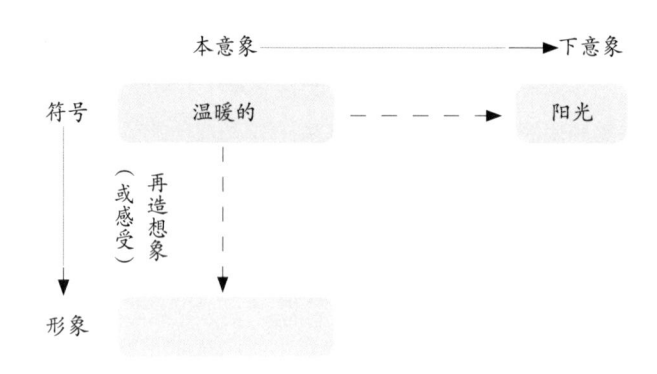

```
符号         本意象 ──────────→ 下意象
             ┌─────┐              ┌────┐
             │温暖的│ - - - - - →│阳光│
             └─────┘              └────┘
                │  再造想象
                │  (或感受)
                ↓                    ↓
形象
```

其间的关系正是索绪尔的"历时"与"共时"的关系。只不过内容意义变了。

诗的空间结构当然依时间展开而展开,这是语言文字的属性所规定。因此,读者对诗的空间把握也必然以时间为基点:语句的接续、意义的展开、情节的推进都会在读者心目中产生一种期待、预测,它就是读者营构能力的鲜明标志,诚如我们在对联中如果发现上联收尾是仄声而下联收尾不是平声,或者发现动词的"数问夜如何"与名词的"明朝有封事"(2)相对,习惯上总会产生一种期待的失望,除非弄明白它位置在

---

(1)《论文学艺术品的认识》,参见张隆溪《二十世纪西方文论述评》。
(2)杜甫《春宿左省》,《全唐诗》卷二百二十五,第2411页。

尾联才会消除这种失望，这就是"人心营构之象"在起作用。当然，中国的古典格律词比较明确地标示出这种可能性，新诗和其他诗不那么有具体的要求罢了。但是这种人心营构的需求则仍然并未消歇。即使在新诗中，我们不也已经看到号称是"戴着脚镣跳舞"的闻一多[1]、与朱湘、徐志摩等人的《晨报副刊·诗镌》派，热衷于新诗的节、句、字的整齐与平仄、韵脚的规整？尽管他们曾遭到一些批评，到了20世纪50年代，不也又有何其芳、朱光潜、王力等学者的重新讨论？虽然意见各有所长，认为新诗要有格律却是一致的。当读到这样的上下衔接句式时：

　　我喉咙里颤动着感谢的歌声，
　　但是歌声马上又变成了诅咒。[2]

　　谁会怀疑其中不包含着作者和读者共同建立起来的"营构"的苦心？

　　接受美学的存在当然是一种哲学本体的存在而不是某些现象的存在。作为本体论，它是能动的。在英伽顿的"未定点"理论中，我们看到的是明确的哲学与心理学的原理立场。不但对于形式是如此，对于内容同样如此，不但对于诗如此，对于小说或其他叙事文也同样如此。落实到诗歌欣赏这个较狭窄又较精确的范围，则这种能动的宽广区域被一种更精密的对应关系所取代。诗人－作品－读者三个环节中，人心营构之象必须存在于全过程。不对作者先提出构型的目标，那他可以叫小说家或文学评论家，但不能叫诗人。不对作品提出构型的要求，则诗也就不成其为诗（叙事史诗部分地是不成其为诗），而不对读者提出构型的能力指数，则一首诗可以不发生任何审美效应，诚如在本章首所引的马拉美的箴言那样："一首诗对于一个庸人来说一定是个谜。"庸人的标准即是他不具备构型（人心营构）之能力和素养。

　　至此，我们分别从媒介的、创作主体的、接受客体的这三个方面对诗作为符号所具有的构型特征进行了交叉叙述。文字基础的存在从各个层次（当然是语言文字范畴）中对空间诗学提供了最好的支持。根据正面的——汉字的意象性与浓度，和反面的——

（1）闻一多《诗的格律》，转引自草川未雨《中国新诗坛的昨日今日和明日》第120页。
（2）转引自何其芳《关于现代格律诗》。

庞德的喜剧性误会及预料之外的成功等等例证，我们确立了空间诗学在汉字为媒介的文化区域中得天独厚的地位。构型的要求不但基于形象思维这一人们习惯采用的立场，而且还包括了抽象空间结构——形式结构这一更核心的内涵，后者理所当然地成为空间诗学的主要论证课题，它同样应该是"可视"的。卡西尔与章学诚分别从两个完全不同的文化立场上为我们提示出这一点。符号的研究在文学中是个回避不了的课题，在诗中它更是至关重要。它对诗的最大贡献是提供了一种张力、一个想象空间而不仅仅是指事的文字记号。它所具有的厚度令我们不敢太小觑之，并且它自身也具有纵横展开的立体性格，这无疑是使诗所能调动的文字媒介更具有魅力并且更富于构筑性。自然，一旦它作为元素被组合进诗的机制中去，它就构成一种关系：创作者所赋予它的具有特定导向的关系。至于立足于读者的考察，则发掘读者的能动作用至关重要。读者不但能在纵轴线上进行内容的再造想象，而且还能在横轴线上产生一种形式的预期，这种预期正是空间诗学所要急切予以论证的最直接内容。因此，诗的构型或"人心营构之象"，是靠创作与欣赏两个方面的共同需要而确立起来的。它不单是诗人的一厢情愿的赐赠。亦即是说，如果哪个诗人昏昏然地忘了在作品中做这样的构型，读者一定会非常恼火，因为它就不能算是诗！它违反了读者的心理期待。

　　上述的各课题的论证中，虽然层次各异目的也不同。但有一个暗合的现象：它们都具有结构空间性格。汉字的存在本来就是符号空间的可视存在。构型是从正面提出这一问题，它本身也包含着纵横两个交叉的轴线。符号阐释不但可以在索绪尔的"历时""共时"这纵横两极看到构筑性，而且它的不同于记号的"想象空间"也是个清晰的证例。接受美学立场的讨论使我们掌握了内容（再造想象）与形式（心理预期）这同样是纵横交叉的两根轴线，因此，它们都表现为一种似真的可视空间的理性构筑。我之所以在本章结束前对全部内容再作一总结性的回顾，即是想提醒读者别忽略了这被淹没在例证之中的暗合关钮。没有它们的"异口同声"，空间诗学的构想在理论上就是准备尚不充分的。

　　空间的性格即是立体的性格，它在理论上必然会表现为交叉的两个维而不是传统规范式的一个维。我们的讨论虽然不断变换角度，但最终不会逸出这一规定。

第三章　意象空间

> 结构并无固定内容，它是内容自身呈现在一个逻辑的组织里。
>
> ——麦可·兰恩[1]

理论研究的方法运用过程中，空间式的构型无处不在；那么作为研究目标的课题对象——诗的自身，构型成了无须赘词的必然结果：一首诗本身是一个类型化的组织，这已经是个反复论证过的结论了。

但问题并未如此简单。直到目前为止，我们仅仅确定了诗的构型能力和构型的必然性；而这个被构之型本身是什么样式的，却并没有真正地涉及。诚如条件反射学说在巴甫洛夫神经学中是个"必然"的命题，它必然存在于生物界中及生物必然具有这种能力。但条件反射本身是个什么样的活动过程？它的活动方式特征？它本身的稳定性与规律性？不对这些触及本体特征的问题作一界说，则条件反射到底有些什么价值仍然是令人惘然的。诗的构型是一种必然的文学现象，对这种文学现象作一内在的、本体立场的界说是空间诗学必须要做的第一位工作。

当然，这还不是作品本体主义的立场。因为它仍然不是以某一具体的作品为起点的。

---

[1] [美]麦可·兰恩《结构主义文选序》。

诗的构型必须通过具体的作品表现出来，但它又不只限于某个具体范围。它是一种共同的规律性现象。别说是某一首诗的个别性，即便是律诗之与词，整齐的句式变成长短句式；整齐的韵脚变成了错落的韵脚；无顿、逗变成了有顿、逗，凡此种种，也都不应该是构型规律的例外。甚至是新诗，不讲格律不协韵也没有对仗，再甚至是西方现代诗派，并连语言也彻底换了个模式，但只要是诗，就必须被容纳在构型规律之内。因此，与其说我们是在采用作品本体主义的立场，不如更确切地说，是在采用文学体裁类型主义的立场。前一个立场并非不重要，也许在下一章，我们会大量涉及具体作品，但是在本章中，类型化始终是我们牢牢抓住的讨论基点。

诗的空间的说法既然已经为如此多的现代人所瞩目，它势必有着自身的形式特征。笼统说来，诗的外观形式当然也算是一种特征。不过，"意象"一词虽然在第一章中，经常被我们列为诗的内形式范畴；实质上它作为一个个体现象是很带有内容色彩的。我们不妨这样去理解它的两面角色：当意象被组织在一个构型严密有序的形式之中发挥固定效应时，它是一种内形式；因为在这时它的与其他意象之间关系所占的比重要大于它自身的含义。而当意象被单独提出来作一独立的审视，比如我们经常赞叹"红杏枝头春意闹"之"闹"字下得如何之妙时，意象即表现为一种内容，因为在这时，它本身的魅力要大于它所处的环境魅力。很显然，没有一种意象是不处在一定结构关系之内的，只有成功的对比才能使意象作为意象而存在，由此，我们对诗的意象应该取一个相对灵活的态度。

意象的根基当然首先是形象。只不过形象相对缺乏深度和厚度，它是一目了然的"视觉"效果而已。"一条小船"是一种直诉感官的形象，而"一叶扁舟"却是一种细腻得多、内涵也深得多的意象，如果它再被放在一个烟波浩荡的结构中，那么内涵更有连续生发的价值，但是这两句话都没有脱离小船的"形"的规定。我们要深入讨论诗的意象是如何在一个抽象空间结构中各司其职，必须首先对此有一个基本的把握：形象仍然是最基本的出发点。由此，在本书的各种例证中，意象可能是一个名词如"落叶""山川""野径"或实指词如"相逢""忘言"等等（它们都是形象鲜明的）；也可能是一个实指的句子如"一颗青色的真珠""火轮飞旋于沙丘之上""独怆然而涕下"等等（它们同样是形象鲜明的），但是，意象绝不会是一个虚字或一句单纯的叙述如"我们结识了""我记下了所有的耻辱与不屈"。这样的句子自身缺乏意象必需的内涵，它们可以成为意象的铺垫但不会是意象本身。单靠这些非意象元素可以构成散文或叙述文但却构不成诗。

造成这种统一的界限分明的认识判断，有各种原因。对"意象"一词本身在语义学上的界定是一个原因，但还有其他原因比如格律上的要求或体裁上的要求乃至诗必须有鲜明形象感的要求。应该承认，具有漫长历史的诗的存在及它的演变，也从已逝的过去立场上为这种种认识判断提供最坚决的支持。比如，正是它们不约而同地筛选、运用以及自我否定与更新，为后代诗学理论提供了一个最有权威的"范式"。当我们把范式与创作对立起来、发现是理论规定制约着创作实践的领属关系时，其实往往会忽略另一面：正是创作实践（比如历史积淀）在反制约着理论的规定。这是一种深一层的领属关系。

关于诗的类型化的空间性格，我以为最重要的是意象空间的本体认识，它将是一把打开空间诗学宝藏的金钥匙。

人类的语言本来就是一种形式，符号就是形式的明确标志。诗以语言文字为立身存照的根本，它的意象当然首先即表现为一种形式元素。文字的视的形式外观提供了美妙无比的审美价值，而偏偏是中国的方块汉字更具有视的特征（我们在前面已做过详尽的讨论）。由是，中国汉字成了得天独厚的宠儿。欧美诗人无一例外地对汉字的造型性表示艳羡不已，有的还直截了当地称它为"文字方砖"——这一比喻是十足建筑味的，它当然成为汉字构型能力强的最佳理由。

遵照形式的内结构与外结构两分法的原则，我们至少可以从任何一首诗中寻找到意象结构的三种类型。每个类型所标志的位置及所具有的性质都是特定的；而每个类型的功能也各有所专。三种类型分别代表着两个不同层面上的诗歌内涵，构成三种不同的性格：（一）组织性；（二）延展性；（三）构筑性。

组织性的存在是一种空间的存在——但是一种平面性质的空间。它的最大范围不逸出字面所提示之外。因此相对而言它最直观。比如，文字符号的表象作用于我们的眼和脑并构成一个直接的形象转换，这就是意象空间的组织性在起作用。

当然，这种组织性不用劳动诗的大驾，小说散文也同样有。只要构成一定的句法关系并表现为一定的句式，组织性就必然存在其中。因此，这可以说是所有运用文字符号的体裁都具有的特征。但是在诗中，它仍然有着一些独特的内涵，我们以约翰·各尔特·弗莱契的《黎明》为例：

> 阳光从湿漉漉的绿叶中透过，
> 阳光泻入了花瓶。
> 阳光在露珠中闪烁跳跃，
> 阳光映着窗玻璃，
> 和醒来的鸟儿一起盘旋。[1]

这不是一种平铺直叙的线形结构，而是有意以某一点为轴心的连续环转："阳光"就是各种意象组织的轴心；"湿漉漉的绿叶"是指园中树木的生态形象；而花瓶却是室内的装饰形象；露珠句则又从大视角移到了小视点……这些户外、室内、审度、细察之间并没有必然的逻辑关系，如果没有特定的组织性原则，它们不可能作为意象聚集到这个狭小的文字空间来。而我们之所以感到意象的"交切"很是亲切，主要是因为从字面上直接感受到了这些形象的可触摸、可视的温度。抛开它的内面意义不论，仅仅字面上就已经能构成诗的价值了。在中国古典诗中，这种处理更常见。杜甫《遣怀》：

> 愁眼看霜露，寒城菊自花。
> 天风随断柳，客泪堕清笳。
> 水净楼阴直，山昏塞日斜。
> 夜来归鸟尽，啼杀后栖鸦。[2]

我们真不知道风吹柳与笳声有什么关系，笳声又为什么会引出客人的泪？水之净澈为什么与山的昏晦对比。这些意象的对比和并置没有丝毫因果方面的理由，但很显然它给我们的愁绪感染是浓得化不开的，要是没有特定的文字组织规范或生存于这些

（1）引自《意象派诗选》第42页，[英]彼得·琼斯编。
（2）引自《全唐诗》卷二百二十五，第2420页。

规范中的字面形象的提示，诗情出不来，自然不会有同感于这首诗。

组织性的原则集中表现为诗的字面、句式和其他一切法则的规定。没有这种"物质规定"，诗就不能算是诗。如果我们把杜甫的"客泪堕清笳"的字面组织变幻一下，成为"清笳催客泪"的正叙或直译为"清澈的笳声使游子伤心落泪"，则不但起句的"客泪"给予读者的突兀感荡然无存，而且使动关系一明确则诗的浓度损失殆尽，毫无可品味之处了。即使我们假定它在格律如平仄与韵脚方面可以过关，这也绝非是诗的意象，它没有结构所呈示的力量。

组织性当然还是不太难理解的。句子的长短规定、声律对仗或者是西方诗中的音步与顿的位置，乃至十四行诗之所以必须限于"十四行"，无不是诗的严格的组织性所导致的后果。即便我们看到一些大家超越规范，有意破句或破节、破顿，看起来似乎是损害了这种字面组织的规定，但实质上也仍然是暗合法则，不会把诗当作真正的论说文来写。辛稼轩《沁园春》：

> 杯汝来前。老子今朝，点检形骸。甚长年抱渴，咽如焦釜，于今喜睡，气似奔雷。汝说刘伶，古今达者，醉后何妨死便埋。浑如此，叹汝于知己，真少恩哉。[1]

这种把词当对话来写的尝试，本来就有突破规定的字面组织原则的意图。依词律是"杯汝来前"，依内容读则是"杯，汝来前"，组织完全变了，大约没有一个读此词的不分顿读，依词律读法则是麻木不仁地诵经而不是读文学作品，因此，这当然是"越过"了组织性原则。但我们依新法读后，发现这一变化对全词的组织与音节并没有什么大影响，反倒增加些许奇特的氛围，有效地刺激了听者的探究欲望。相形之下，这是表面上违背组织性而暗合于组织性法则的成功尝试。其实，这种例外在英语诗中也常可见到，如"上下关联格"(enjambement)。上行文义并不在上行尾煞断，而可以越位移至下行继续进行，句完了意义并不完，在下句继续发展。这也就是一种对组织性的既定格式进行超越的例证。同样地，超越并不意味着破坏，"上下关联格"不管越两行、

（1）引自《唐宋名家词选》第251页，龙榆生编。

三行乃至四行，它的每行五个音步的规定却毫不动摇，因此它作为组织结构仍然是完整的。

组织性的存在是个不胜枚举的常例现象。格律诗之所以要五言或七言、绝句之所以要四句而律诗则为八句、之所以要平声韵、词之所以要规定词牌如《满庭芳》收尾必须是五言句押平韵，这些规定都是组织本身需要的缘故。西方现代诗虽然没有这样的规定，但它也有自己的原则。通常地说，组织性的存在即给予文字元素以一个表面的格式规定，而这个规定无论取什么方式，它都是予意象结构过程以极大的好处，它提供的是一个形式载体——"存在决定意识"，如果没有哪怕是表面层次的组织性这个载体的"存在"，意象构筑的意识就不可能产生。小说就是没有这样的载体（当然它也不需要），所以它不可能有意象结构的概念。因此，我们不妨把组织性看作是一种"物质存在"意义上的规定。

再来看延展性。与组织性所呈现出的表面特征相对，延展性是不那么"物质"的。它并非是一目了然的表层格式规定，而是内面的意象处理的规律。这一点决定了它的相对主观性格。

延展性的基本含义是：字面意象所提供的只是直觉的感受，这种感受随着"物质"的句断字止而停止了，正如我们在"你，在沐浴中自晰的你！"这一行诗的最后一个"你"字中断后，感受也遭到了停顿。而延展性的存在可以使读者不受句子停止的"物质限制"，继续延伸自己的感受。使诗的意象感染力溢出有限的字句形式之外，伸向未来和遥远。比如郭沫若《女神》：

落日是个新嫁娘，

涨红了她丰满的庞儿，

被她最心爱的情郎——大海拥抱着去了……

诗当然是到此戛然而止。但想象还在延伸，拥抱去了之后呢？情人间的呢喃软语、缠绵情思，都会被追加到诗的结尾中去，形成一个个虚拟的环环相扣的连续空间。又比如华兹华斯《咏童年回忆中永生的兆象》：

到哪儿去了，

　　那种幻象的微光？

　　现在在哪儿，

　　那种荣耀和梦想？[1]

　　如果我们从字面上看，那么很简单，是对过去和现在的感慨与忧伤，是人对自然的亲近感在现代化社会中的消失所引起的叹息。但是恐怕每个人都会有一个本能的反射，即立即把思绪翻向将来。诗中已提示了过去和现在，我们会本能地为它补上将来。于是，本来在字面上"现在"是终点，但在读者心目中它是支点：回首往昔、眺望将来的联结支点。很明显，字面上的到现在戛然终止变成了向未来的伸延，而倘若没有对昔、今的这种并列的意象构筑，我们就没有理由一定要把它硬拉向将来。

　　杜甫的名诗《闻官军收河南河北》则为我们提供了延展性的另一种字面技巧：

　　剑外忽传收蓟北，初闻涕泪满衣裳。
　　却看妻子愁何在，漫卷诗书喜欲狂。
　　白日放歌须纵酒，青春作伴好还乡。
　　即从巴峡穿巫峡，便下襄阳向洛阳。[2]

　　历来有对它的尾联对仗感兴趣以为妙不可言者；有对它的爱国主义情怀感奋不已并从而证明杜甫是"人民诗人"者；我对它的兴趣却是它在句尾表达出的一种意象伸延性。"漫卷诗书喜欲狂"乃至"放歌""纵酒"，是现在的情绪高昂；"向洛阳"的句尾把我们引向必然会出现的另一个高昂情态。每个读者都会在自己头脑中设想杜甫到洛阳后是如何表现"喜欲狂"的种种场面。因此，在连用四个地名以造成意象行进速度加快之后，"向洛阳"的方向提示绝不是一个结尾的中止而是结尾的宕开：是向另一个场面转换的中介。我十分佩服杜甫敢于把这个流水对放在诗尾。更感激他特地点出

（1）转引自《二十世纪西方文论述评》第51页。
（2）《唐诗选》第285页，中国社科院文学研究所编。

一个"向"字以强化伸延气氛,使我们轻松地捕捉到了意象结构句止意联的延展可能性。

必须强调指出的是,作为一种意象结构的技巧而不仅仅是内容技巧,延展性未必只表现在于顺序的伸长;逆序的切断后留下虚旷的空间也同样是常用的结构技巧,它所导致的延展效果丝毫也不亚于顺序伸延的效果。歌德《浪游者的夜歌》:

群峰在暮色中寂然无声,
微风掠过树梢轻悄无痕,
树林中的栖鸟缄默不语,
等待吧,
不久你也将沉入宁静。[1]

既说是等待,则当时"你"这个人物对象并未沉入宁静,也许他的喧闹与欢笑正与"群峰""暮色""微风"和"栖鸟"的寂寞形成鲜明对照,诗在结尾戛然而止,从山的寂静、树的无声、鸟的安息等景的意象转接中忽然引入到人的"沉入宁静",给我们以一种神秘的人生暗示——每个人都跨越不过生与死这个规定的界限和生命从始到终的循环规律。当然,我们可以说这是一种拔高,但从意象角度看,最后这句断言肯定是把几组重叠意象整齐地斩断了,斩断之后留给我们空旷虚渺的人生哲理的思考空间,与原有的意象虽不在同一个起点上,但它之廓大了延展后的空间层次,以"大"后包孕(或归结)"小"前,却是使读者被牵进到一个更开阔的空间中去。这无疑是意象结构延展性的一个成功范例。在中国古典诗中堪可媲美的则是杜甫的《缚鸡行》:

小奴缚鸡向市卖,鸡被缚急相喧争。
家中厌鸡食虫蚁,不知鸡卖还遭烹。
虫蚁于人何厚薄,吾叱奴人解其缚。
鸡虫得失无了时,注目寒江倚山阁。[2]

---

(1)《歌德抒情诗选》第56页。
(2)《全唐诗》卷二百二十一,第2335页。

在为鸡与虫孰得孰失正想得不可开交时，忽然去"注目寒江倚山阁"，最后这句与鸡虫得失的主题（它占了前七句）毫无关系。相对于前而言当然是一种思考的中断（此诗近于说理，前七句意象感不强），但正是从这鸡虫得失之中，"注目"也就有了特定的内容：鸡虫得失正是人世宦途沉浮的写照，而后者足以发人深省。很明显，从诗句字面发展看，思想是被中断（即形象被中断）的，但最后的中断所带来的更大的思维空间——从物到人的空间的扩大，却正是一种意象延展性的鲜明标志；前七句全成了铺垫，后一句才是意象内核的正式展开。如果我们用欲擒故纵的成语作比，那么歌德的《浪游者的夜歌》与杜甫《缚鸡行》，都是在"纵"足之后的迅疾的"擒"，这种"擒"为读者打开了第二层次（如果以字面印象为第一层次的话）的空间。其间的关系是逆序的而不是顺序的。

延展性为诗的存在带来了持续的魅力。而它尤其表现在于超越字面结构的一种外伸力。如果我们承认组织性对字面的限制是企图保持一种内聚力以便使意象的密度提高，外伸力这个词倒是十分准确地提示出延展性的审美功效，它借助于诗的时间展开的传统美学认识，把莱辛对诗的时间持续的定义在一个美学的层次上加以演化——把它看作是个开放的系统，每句诗在本句内都是一环扣一环的自足系统，各句诗连缀起来又构成一个整首诗的自足系统，但只要它们是被摊派在时间的链之上，分别占据着或前或后的位置时，各个单词（或单意象）马上不再是平等的，前置的词相对于后置的词很可能只是作为后面的"果"所需要的"因"；前置词是砖瓦，后置词是建筑（结果），这种以诸前之因构成最后之果的时间序列势必会产生一种不断运动的惯性，延伸性正是有效地利用了这种惯性。当我们在不断以局部的前累积成"果"、而这个"果"又成为后一循环的"因"时，我们不会立即意识到已经运动到了诗的形式终端——结尾，到了结尾部分，我们还会在惯性的推动下再把它置换成"因"而去寻找再下一轮的"果"。如果诗是中断了，我们就会靠自己的想象去弥补这缺失的部分，直到满足为止。这种惯性使诗的结尾在某种意义上说永远是发人深省的开端。其中所涉及的现象也正是我在第二章中涉及的英伽顿的"语句思维"式的"接续期待"。每一个延展性的实践存在本质上都是这种"接续期待"的存在。

最后看构筑性。相对而言，构筑性是诗中最为复杂的一种性格，文字的平面性和诗的语言的受制于时间性，使它很难真的像建筑一样建立一个高层的立体构筑。而我们通常指某一首诗具有两层意义，也无非是指它带有一种象征性格，它显然是针对内容而言而不是针对意象结构这个内形式而言的。比如雪莱《宇宙的漂泊者们》之二：

　　　　告诉我，月亮啊，你形容憔悴，
　　　　在太空跋涉，无家可归，
　　　　要赶到黑夜或白日的何处边陲，
　　　　你的旅途才告终？(1)

　　这首短诗中的双层结构是十分明显的，月亮的喻体实际上象征着诗人自己，是诗人自己感到到处漂泊，无处存在自己的归宿，所以才有了月亮这一意象的发展线条。于是，这首诗分别构筑起了两个层次，一是作为自然的月亮本身这一形象及它的发展；另一是作为象征的月亮这一意象（代表诗人自己）及它的发展，两个层次的发展同步，所以能成为一种构筑。著名的诗句"如果冬天来了，春天还会远吗"，作为一种意象结构的研究，也同样是这一类型的双层结构——平行的复线。

　　象征的例子不胜枚举，罗伯特·佛罗斯特的《没有被挑选的路》也是一种意象与思想内容间的双层结构：

　　　　若干年后的一天
　　　　我将边说边叹息
　　　　林中两条小路摆在我面前
　　　　那条少有人走的成了我的挑选
　　　　这抉择造成了重大差异(2)

　　这当然也是暗寓着人生道路的选择。与小路的选择这一表层结构一样，越是没有人敢走的人生道路上荆棘越多，失败也越容易，"差异"的修辞显然是带有特定情绪倾

（1）《雪莱抒情诗选》第180页。
（2）转引自郑敏《诗的内在结构》，《文艺研究》1982年2期。

向的，应该承认，这是一种人生经验的感慨。

但是很遗憾，尽管我们可以承认它本身也是一种多层（至少是两层）结构，但却不是我们所感兴趣的意象结构。一个判断的标准是，作为构筑性的结果，任何一个构筑元素都必须是意象元素而不是什么感慨；而根据前述，意象的基础是直观形象，意象本身表现为字面之间的一种内结构——如果平仄声律对仗是外结构的话，那么意象结构是内结构，而不是内容。只要我们是在一个诗的结构前提下去考察意象，那么它绝不可能是内容而只能是形式结构。然而，雪莱的《宇宙的漂泊者们》之二和佛罗斯特的《没有被挑选的路》中，表层的意象结构如月亮、小路等当然存在，而第二层的自己漂泊无定和人生道路选择的感慨，却并没有表现为与表层意象相并列的另一种意象结构，因此，它可以为诗意更丰富提供最佳服务，但这种双层结构却不是意象结构的双层。换言之，是表（意象）与里（寄寓）之间的平行而不是并列的两个对等意象结构的平行。寄寓的那一层并没有作为意象（它首先是形象）显露在诗的字面上。因此，这至少不是理想的较高层次的意象构筑性的范例。

感谢布莱，在翻阅他的诗集时，我们发现了他有一首很精彩的典型的构筑性诗作《停舟芦苇荡》：

> 芦苇荡已入黑夜，
>
> 湖上仍是白天，
>
> 黑暗侵蚀了阴沉的沙滩，
>
> 它使我想起多少其他的黑暗！
>
> 婴儿初生时的黑暗，
>
> 动物颈部涌出鲜血时的黑暗，
>
> 一个小小金属飞向月球时的黑暗。

这三个"黑暗"具有鲜明的构筑性。它们不是一般的并列（并列当然也是构筑），初生的黑暗是面向光明，面向生活，这是一种具有伸延力的意象；死亡的黑暗是离开世界，离开自己，这是一种具有中断力的意象；前者以黑暗为起点，具有开放性，后者以黑暗为终点，具有封闭性。这是第一层构筑：以黑暗为支点的在时间一维中的前后两极的意象构筑。然后再以此为既成的支点引进第二层次的构筑：以生、死为生态自然意义上的一极；再以科学探索、宇宙开发时所遇到的黑暗（它是双关的：既表示宇宙飞船在天体飞行时所面对的实际黑暗，又表示科学探索的努力是面对着各种无知的抽象黑暗），作为构筑的另一极，两组意象交叉，构成一个如下的交叉图式：

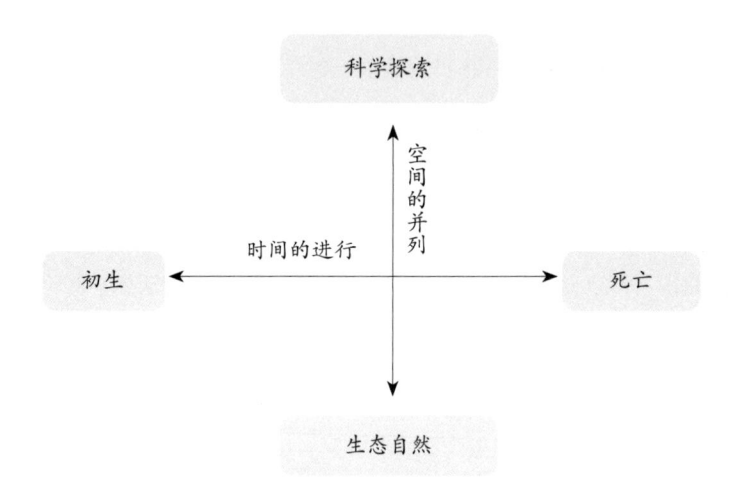

```
                    科学探索
                       ↑
                       │ 空间的并列
          初生 ←── 时间的进行 ──→ 死亡
                       │
                       ↓
                    生态自然
```

这是成功的意象构筑！在缺乏格律支撑的西方诗中，能有这样多层次的意象交叉，怎不令我们惊诧不已？如果我们再把这个四维的图式浓缩成一个想象空间的实体，再与诗中所写的布莱直观的实际黑暗作一交叉构筑，又成下式：

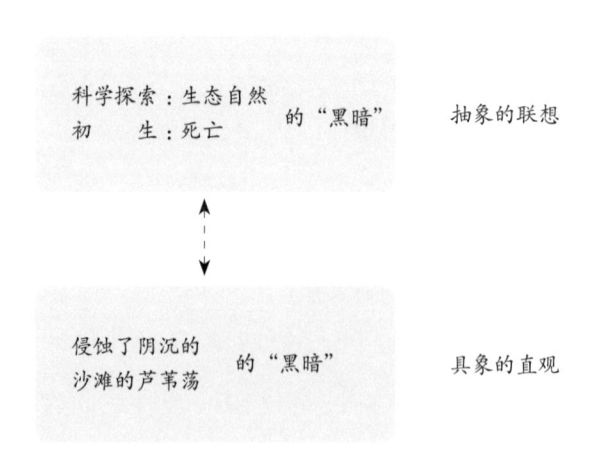

```
    科学探索：生态自然
                      的"黑暗"      抽象的联想
    初   生：死亡
                ↑
                ⇣
    侵蚀了阴沉的
                      的"黑暗"      具象的直观
    沙滩的芦苇荡
```

短短七行诗可以构筑成如此丰富的套层结构，这正是空间诗学的魅力。它的"人心营构之象"和字面形式的组织性有效地保存了这种魅力，把这种魅力变成一个强有力的"空间的张力"。布莱的这种意象交叉,才真正有别于他和雪莱的前一例,从而当之无愧地步入了空间诗学的华贵典雅殿堂。

那么,中国古典格律诗呢?

严格地说,拜伦式的表里交叉构筑在中国古典诗中是更为常见的技巧。中国诗中明确强调"比兴"传统,即是个最显见的证据。但是,在诗的构筑性方面,中国诗所取得的成就丝毫也不亚于欧美诗人。唐代人许浑有《早秋》一诗,为古来名篇:

    连夜泛清瑟,西风生翠萝。
    残萤栖玉露,早雁拂金河。
    高树晓还密,远山晴更多。
    淮南一叶下,自觉洞庭波。[1]

《桐江诗话》称许浑在当时曾被人称为"许浑千首湿"[2],这首《早秋》也多出现"湿"的意象。不过,它更多的特征并不在于"湿"这个内容特征而是在于它的意象构筑的形式立体性。颔联"残萤栖玉露",残萤微介小物,能从眼中看出则是实写低处;"早雁拂金河",雁掠长空,则是意写高处。颈联"高树晓还密"能见树之密则写其近;"远山晴更多",点出远山是写远。这是一个有明确主轴控制着的高、低、远、近的互相交叉意象的构筑,处在主轴中的则是作者许浑自己。纵横高下都自他眼中看出,以他为轴心向四面八方徐徐展开。与此异曲同工的是刘长卿的《寻南溪常山道士隐居》:

    一路经行处,莓苔见履痕。
    白云依静渚,芳草闭闲门。
    ——(见云则远)——(见门则近)
    过雨看松色,随山到水源。
    ——(看松色,仰见其高)——(得水源,俯见其低)

---

[1] 许浑《早秋三首》之一,《全唐诗》卷五百二十八,第6036页。
[2] 参见宋胡仔《苕溪渔隐丛话》卷二十四引。

溪花与禅意，相对亦忘言。[1]

刘长卿的诗与许浑的诗属同一意象构筑模式，这是一种具有立体性格的多层次构型。它基本上是如下图式：

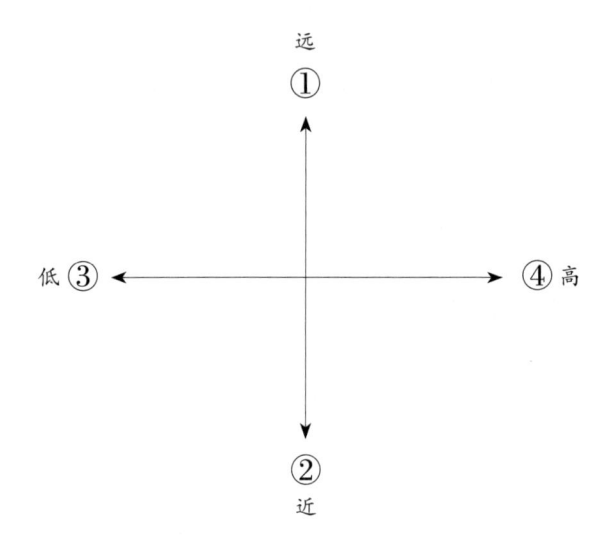

```
              远
              ①
              ↑
              |
  低 ③ ←—————+—————→ ④ 高
              |
              ↓
              ②
              近
```

鉴于中国格律诗在声律句式上要求特别严，它的多层次意象构筑不仅是这一种方式，另一种极能体现出"多层"性格的方式，是复线式的移位连环。如李颀《送魏万之京》：

朝闻游子唱离歌，昨夜微霜初渡河。
鸿雁不堪愁里听，云山况是客中过。
关城曙色催寒近，御苑砧声向晚多。
莫见长安行乐处，空令岁月易蹉跎。[2]

首句"朝闻"写听到；次句"微霜"写眼中见到。三句"鸿雁"写听，四句"云山"写见。前四句构成一个意象的构筑。是一个连环反复二个轮回的构筑：闻、见、闻、见，

（1）《全唐诗》卷一百四十八，第1512页。
（2）《全唐诗》卷一百三十四，第1362页。

这是第一组意象系列。第二组从三句开始：已闻已见，第五句"关城曙色催寒近"，曙色自眼中看出；第六句"御苑砧声向晚多"，砧声自耳中听得，这又构成第二组连环意象："闻—见、见—闻"，两组意象结构互相交替，构成一种意象构筑的移位对应，可以下图标示：

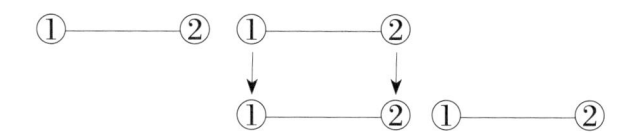

①————②　①————②
　　↓　　　　↓
①————②　①————②

仅此结构，意象的构筑已经具有复线感觉了。但是在这个表面的意象主线外，还有另一个偏于意象内容的从线，这就是前四句各标志着一个相对应的时间词："朝""夜""曙""晚"。构成另一个独立的意象构架。于是，在第二层次的移位对应完成后，我们看到的是一个套层结构的三条线索的平行展开：

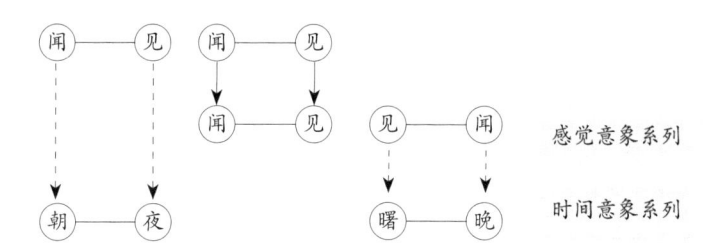

闻————见　闻————见
　　　　　　↓　　↓
　　　　　闻————见　见————闻　　感觉意象系列
　　　　　　︰　　︰　　︰　　︰
　　　　　　朝————夜　曙————晚　　时间意象系列

在尚未主动意识到意象构筑性这一审美内容时，古人的注意力是放在字面的修辞上的。胡应麟《诗薮》曾对李颀此诗提出批评，认为是"朝""夜""曙""晚"四字重复使用，"惟其诗工，故读之不觉，然一经点勘，即为白璧微瑕，初学者所当戒"。[1] 对于初学者而言可能是对的，对于我们来说，这一重复使用为意象构筑平添一个层次，多一个对比系列，应该说是成功之举。李颀敢为此相信不会是惘惘然的。

值得指出的第一个问题，是上行的几首格律诗的构筑都是以实在的意象形象（这是我的杜撰，用以说明意象必须以形象为出发点）为起点而不是以象征、寄寓的非意象内容为起点。这正是空间构筑的基本条件。因为这一点，所以我们在布莱的诗和唐

（1）参见明胡应麟《诗薮》内编卷五。

诗诸家中发现的是一种真正的意象构筑而不是形式与内容混淆而成的构筑：前者在层次限定上的纯洁性不言而喻。至于第二个问题，则是我一直很疑惑美国人布莱竟能真的与中国唐代人之间出现这种神奇的巧合？在对他进行调查之后才恍然大悟。这位诗学教授对中国古典诗曾有过很出色的研究，他最欣赏陶潜、李白、杜甫的诗作。故而我想，他的诗在意象构筑上能如此具有明确意识，或许正是基于潜在的中国古典诗的影响。这当然是不同于庞德式喜剧性的影响，但种种巧合应该不是太偶然的。顺带的第三个想法，则是在布莱的参照系比较下去看雪莱，则他终究也只是抒情诗王国中的臣民。他确实还达不到意象构筑的觉悟程度，这也许并不是他个人的问题而是时代与环境的问题。因为他接触不到中国诗。即使让他接触了，只要没有20世纪初那种对文化（包括文学）的全面的哲学反思与对传统的反叛潮流，即使看到了中国格律诗他也会大谬不然的，哲学巨人黑格尔不已经在他的《美学》中表示过对不施明暗的中国画的大谬不然了吗？

　　至此，对诗的意象结构的三种性格，应当作一个认真的小结了。

　　组织性存在于文字的表面形式中，具体表现为句法、韵脚、行式等等的明确规定。在它的结构中意象呈现出一种直观的平面性格。作为构架，它当然是空间属性的，而它提供的是一种相对内聚的张力模式。

　　构筑性也存在于文字之中，具体表现为意象结构的多层次并列如移位、对位、系列平行，它不是客观的规定而是主观的处理现象，在它的结构中意象呈现出多元的立体性格。每单个意象都必须具有一定的有机位置并为一个构架的意象总体提供服务。作为构架，它也是空间属性的，并且它提供的也是相对内聚的张力模式。

　　延展性则超越于文字之外，具体表现为意象结构的线型扩张或连续空间扩张，它也不是客观的规定而是主动的处理手段。在它的结构中意象不呈中止的、凝固的胶着状态而是持续的、开放的发展状态。每一意象的发展都有结构内部其他意象作为后援，作为构架，它是时间属性的，它所提供的是相对外张的张力模式。

　　组织性的所属层次较低，是一般的体裁意义上的表层形式；构筑性与延展性所属层次较高，是意象内形式。它们首先表示这样一个关系：

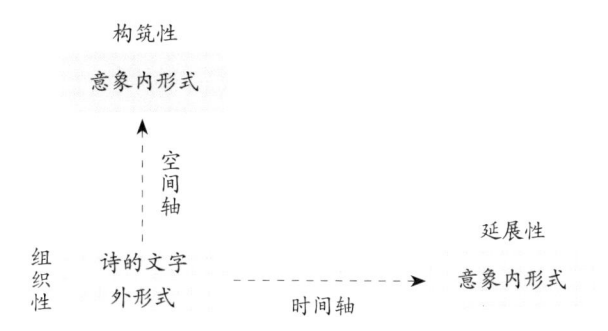

```
                构筑性
              意象内形式
                 ↑
                 │ 空
                 │ 间
                 │ 轴
 组              │              延展性
 织   诗的文字   │            意象内形式
 性   外形式     └ ─ ─ ─ ─ ─ ─→
                    时间轴
```

其次，还表示着深一层的关系：

组织性	构筑性	延展性
	内　聚	外　张
	平　面	立　体
	稳　定	运　动
	直　观	想　象
格法的被动规定	作者的主动处理	

倘能对这两个表格有准确的把握，则我们对"空间诗学"的最重要部分：意象构造（或叫意象组合）的理解就会有一个很好的起点。在第一个表中，我们又看到了纵横两个轴的展开——这正是空间诗学在方法论上的最明显标志，就像我们曾在"共时"与"历时"的语言文字结构中、视的文字与听的文字的比较中也同样划出这两个轴线一样。在第二个表中，着重点当然是构筑性（空间）与延展性（时间）的多种对比。之所以还是把这种对比放在鼎足而三的环境里，主要也是不欲把多特征的比较理解得太简单——特征的多层次比较毕竟不是规律的抽象，后者需要简单明确以让人有所依循而前者却需要丰富细致。两个表格的分列，其目的也在于此。

如此看来，我们的整理似乎带有浓重的结构主义诗论的色彩？

把诗的意象构筑引向一个结构的概念，这当然是本书孜孜以求的论述主旨。但我们的论述从立足点上看与西方的结构主义诗学仍然存在着一些重要的差距。差距的重要分界即在于我们据有一个意象的立场。

一、结构主义诗学所研究的，是一种超于具体作品之上的系统结构。这个研究排除作品本身的价值，把每首诗作看成是语言规范的某种实验结果，这样，它就把文学创作的随机性和即兴性变成了一种冷冰冰的理性分析。我们可以用索绪尔的语言学概念来证明这一问题，索绪尔认为语言符号可以分为两大类，一类是立足于具体的词句，叫言语，另一类是立足于整体的符号系统，叫语言，具体的言语千差万别，各有择用的习惯，也因时间、地域的差别而异，而作为语言的符号系统，其质却是完全一致的。在结构主义诗学中，具体的诗作是一种"文学的言语"，而一种作品的文学体裁或程式却是"文学的语言"，结构主义以语言这个系统为研究起点而摒弃言语起点；不仅如此，它还同样以语言这个系统为研究终点——它的存在就是要为文学作品寻求出一个整体的系统。

超越于作品之上的系统的侧重，使我们感受到了更为浓郁的学究气而不是艺术气息。这种注重如果厕身于科学研究，它的价值显而易见。但文学首先是人学。忽略了人这个个体的存在，亦即是忽略了创作个性的存在，它的结果是作品完全被称为诠释理论的"炮灰"，作品中的自我没有了，模式化、概念化或从理念出发的倾向，仍然牢牢地成为文学创作的桎梏——模式化未必只可能产生于庸俗社会学的温床，也可能产生于强调不当的文学批评技巧本身。我们不禁想起了歌德曾引用过的一句德国成语：一切理论都是灰色的——而生命之树常青。

注重系统的整体表现而以文学"语言"为基准，势必会使具体每一首诗的特定构架和特定字句运用显得无足轻重。而这其实正是一首诗的关键。中国古典诗讲究炼字炼句，要求用最准确最生动的字眼去精炼地表达对象价值，这正使它成为格律严谨但不是僵死的文学。它是以具体语境为出发点而不是以一个抽象的结构框架为出发点的。故而即便是结构主义学者卡勒自己也承认："结构主义很难论述具体的诗作，至多不过说，它可以作例子来证明诗背离普通语言功能的各种方式。"其间的决定因素，我想实质上倒是体现出形式与内容之间的明确关系。结构主义诗学立足于形式而丝毫也不考虑内容（相对而言是意象），因此它只能是一种理论总结的框架而不是创作必须遵循的原则。

"空间诗学"的立场却完全以内容（内形式）为起点，它也注重整体构架并以之为主要的讨论目标，但它准确地抓住了意象这个基本立足点，它的一切理论设想都是从意象上生发开来的。如果我们习惯于传统的形式、内容两分法，那么实际上，意象这个元素是个左右逢源的角色：相对于形式的抽象而言，它以形象为基础，其观念指向是可视的内容部分，故我们叫它内形式；相对于内容的具体而言，它又有一定的组织法则并担负一定的抽象象征意蕴，其观念指向是可因循的形式部分，故而我们还是叫它内形式，形式而内，实在是个绝妙的概念。它可以构成这样一种关系：

$$内容 \longleftrightarrow 内形式 \longrightarrow 形式$$
$$（意象）$$

意象相对于形式、内容的两极，显然是种"中介"，这使它具有十分灵活的态度。当我们在研究结构时，在结构范畴诸元中，意象是最具有异己的内容色彩的，在我们研究内容情节时，在内容范围诸元中它又表现得最具有规律性和固定位置——形式的标志。目前相对于结构主义诗学而言，本书中的意象大多是扮演前者的角色。

由是，我们的讨论当然不是超越于具体作品之上的单纯系统的理性整理。有意象内容作为基点，讨论不可能走向概念化、模式化，作品不再是理论的"炮灰"，而是理论为作品提供最佳服务，它为探寻作品的魅力宝藏充当一根引路的神秘手杖。

手杖的启示意味着一个有趣的差别：语言学立场与文学立场的差别。之所以会把这场本来是很有价值的讨论引向一个空洞的抽象框架的整理，而使它原有的生机盎然的气氛一扫而空，很大程度上就是从事这些研究的人物都是语言学家而不是地道的文学家。在中国和在西方都一样：学者和诗人（艺术家）是两种完全不同质的形象。学者把本来十分生动的事物引向抽象的法则（当然它有规范化严谨化的好处）——具体表现为理性研究，诗人把本来平凡的常见事物点铁成金，引向一个空灵、浪漫、美妙的想象世界（当然它有散漫、自由、个体化的特点）——具体表现为感情体验。结构主义诗学的倡导人如果不是这些语言学家而是诗人，也许它的趋势未必是今天这个结局；当然多余的感叹则是：如果诗人来从事诗的研究，也许根本就出现不了"结构主义"这个学派，这是一个真正的悖论。尽管"空间诗学"目前的价值还很难预料，但它提出的一系列论据已经表明，它重视结构的存在但显然不那么具有学究气。至少它对整体系统的"语言"和个别表述的"言语"予以同样的重视。尊重意象作为元素的存在，便是一个明显的证据。

二、结构主义诗学注重文字形式的绝对价值，却不注重字面形象本身的存在，每一字面形象的含义、标示、象征这些内容成分，以及每一具体作品中的特殊内容形象将对作品结构产生什么反作用力，在结构主义诗学中几乎没有什么涉及。语言学大师罗曼·雅各布森作为结构主义文学批评的领袖，曾在他的名著《语言学与诗学》中指出：

诗性功能把对等原则从选择轴引申到组合轴。[1]

所谓选择轴和组合轴，仍然根源于结构主义奠基人索绪尔的"历时"与"共时"的概念基础。如前所述，"共时性"作为语言的纵组合，是在被选用的词中蕴含着许多同义词或对等词的潜在价值，如"霜"之与"雪""露"等等，这就是雅各布森的选择轴。"历时性"作为语言的横组合，是在语句中前后衔接构成连贯意义的价值。如"霜""满""天"，这就是雅各布森的组合轴。

选择是一种纵向概念，组合是一种横向概念。"把对等原则从选择轴引申到组合轴"，实际是把对等原则从语句与内容意义的关系转向语句自身前后的关系。在这两个对比中，语句自身的前后关系完全在于形式自身。因此雅各布森的立足点显然是全面的形式至上立场。

在多音节而且音调复杂的印欧语系中要这样做十分困难，正因如此，雅各布森的理论才具有典型价值。但是，这种形式语句上的对称原则在单音节的汉语诗中却早已是不成问题的惯例。对偶或对仗的应用是律诗的形式前提，千百年来的中国诗坛对它已熟视无睹，根本不会把它再郑重其事地当一个新原则提出来请人们注意。但我想差别也正在此中体现：一个是自为，一个是自在，其间的立足点与目标被换了个位置。

对称的从选择走向组合，是一种人为的理论追求，它是以不组合的原有语言模式为前提的，因此，这是一种前导式的要求：应足于语言环境的应用式的要求。为了要

---

[1][俄]罗曼·雅各布森《语言学与诗学》第358页。

满足这个形式法则，必须以意象内容为伸缩代价，如果结构主义理论可以具体指导创作实践的话，那么一旦在内容选取与形式组合之间发生冲突时，做出牺牲和迁就的只可能是内容而不可能是形式。如果考虑到印欧语系语言对这种对称原则的不适应性的话，那么，语言内容的削足就履在所难免——这意味着意象组合时的完全受制于形式。

中国诗中的对仗情况正好相反。如果我们不把诗人的精雕细琢现象混淆在内的话，那么单音节的中国语言文字本来就具有对称的能力，而它的词组自身也是以两个字为一组。意象的语言物质基础是词，词的两个音节的固定格式使诗在做对仗时完全不必去迁就什么组合轴的限制——正相反，组合轴使汉字词组（意象的媒介）具有最大的发挥余地，正是汉字词组的对称性这个元素促成了律诗的四言、五言、七言句式（形式）的存在，并且有效地保证了它的魅力。当然，中国诗也未必是如此遂人心愿，苦吟诗人的层出不穷当然是鉴于创作者本人的主观愿望，与形式体裁的性质并没有太大关系；如果说在形式与语言中真有什么限制的话，那么与其说是语言文字本身的问题还不如说是平仄四声的问题，相对于语言而言，这个规定倒确实导致了不少削足就履的现象产生，一个词汇在语境中效果很好，准确、清晰而且生动，倘若平仄不协，只能放弃。但我仍然愿意指出这样一个事实：即便是作为限制的平仄四声，它似乎是可以与雅各布森的对称之在组合轴上的努力同一机杼，但差别仍然存在：平仄四声仍然是双音节转换的基本规律。它与语言的词句仍然步调一致，即使是在对四声要求极严、甚至还要分阴阳调的情况（如宋词中的大多数词牌对声律要求极严）下，这种两音节一换的基本规则还是被保存完好。因此，它对语词的意象运用所起的限制仍然是有限的。雅各布森在提倡语句中应用对等原则时曾经举出《圣经》、芬兰西部和俄国的口传民歌[1]为例，而这些例子不过是一种整齐的排比而已，可以想象，在印欧语系中他的搜寻只能到排比这一层次了；中国诗式的严谨的对仗，他的语言中是不存在的，因为这种神秘的单音节文字他那里没有。

做这样的比较有什么意义呢？主动与被动之间的差异即在于各自的最后导向不同，雅各布森的强调对称原则必须在语句组合结构中出现，限于他所能运用的语言媒介，他不得不更多地注目于语句组合本身而忽略内容本身在构成意象时的含义价值——注

（1）参见张隆溪《二十世纪西方文论述评》第114页。

重的主要是文字形式而不是意象内容,这一立足点与结构主义的第一个特点:注重整体系统而忽视具体作品价值的特征是完全吻合的。而中国诗中因为语言媒介与格律形式存在着同一性,因此它更多地注重内容而忽略形式——形式已是客观存在而且构成定型的习惯,毋庸再多此一举。当然,这个被注重的内容也不再是零散的内容或具体记事。既然是在一个习惯的形式立场上去考虑内容,则内容必然也呈现出某种形式痕迹,于是乎内容转向"意象"。

结构主义诗学注重字面形式,而我们的"空间诗学"注重意象及它所包含着的内容的、情绪的含义。这是两者间的又一个差别。

这两个差异足以使我们的空间诗学理论虽同样注重结构但却有别于结构主义诗学。但是,还有第三个比较点:

不重视具体作品的言语,不重视内容的情绪的语句含义而一味以抽象结构的整理为归,使读者对结构主义诗学产生了必然的看法:这是个形式主义流派,它完全不讲内容。事实是否如此呢?

既然是诗学,内容的关卡是越不过去的。结构主义诗学在结构分析中有轻视内容的倾向,在进行专门的内容研究(这也是它的一个分支)中也同样有这样的倾向;说内容研究之有轻视内容的倾向,当然是令人哑然失笑的诙谐语,因此这个被轻视的"内容"应该有个明确的界定:它指的不是一般叙事内容,而是诗的内容。

20年代结构主义"叙事学"的崛起,标志着结构主义批评在文学内容方面的成功运用。它的影响竟至远远超过结构主义诗学的强度,成为结构主义文学理论中的台柱,这确实是出乎人们意料的。它的研究对象是叙事文学,创造出一种"情节的语法",认为每一个故事的发展有如人的语言发展一样,一定呈现出一个固定结构模式,在我们看来,正是表现出它对内容(故事、情节和叙述)的注重而不是对语言文字形式的注重。

按照语法分析的模式,茨维坦·托多洛夫指出,故事中人物即是名词,其属性都是形容词,所有的行为都是动词;所有的动词则归结为"改变情境""犯过错""惩罚"这三类,他在《〈十日谈〉的语法》中,把一个故事的内容情节变成一个结构:

情节:佩罗妮娜正在偷情,忽听到丈夫回家来,

结构:X犯了过错　　Y应当惩罚X

便把情人藏进一只大桶。她骗丈夫说有人要买
　　　但 X 想逃避惩罚　　于是 X 改变情境
这只桶，正在察看，丈夫信以为真，便去打扫
　　　结果当 Y 相信 X 无罪而未惩罚 X
这只桶，佩罗涅那和情人却趁机逃跑继续调情。
　　　尽管 X 继续原来的过错行为。[1]

　　这就是结构主义叙事学对内容研究的贡献。作为一种新颖的研究角度，这样的分析是令人耳目一新的，但是这个内容的结构研究，显然是立足于情节转换而不是立足于意象的构筑，它只能是叙事文体式而对诗的体裁却不产生什么影响。《十日谈》中的两个人被变成了符号 X、Y，一切行为变成了动词，连贯的叙述结构（顺时序）使它完全缺乏意象构筑的条件，因此对它的研究并不是对诗的意象内容的研究。

　　在对"空间诗学"与结构主义诗学进行比较之后，我们对自身的位置把握有了进一步发展的可能性。这倒不单是在两种批评模式之间作一应用式的对比，而是关系到各自不同立足点的基础比较——它当然也必然牵涉到范畴。

　　结构主义理论具有两个方面的分布。第一个是诗学范畴，集中在对语言的分析研究之上，落脚到诗的文字外形式构型，我们可以叫它是语言的结构主义。第二个是叙事学范畴，集中表现在对故事情节作语法式的结构分析，落脚到文学的单纯内容构型，它们分别代表了两个极端，而"空间诗学"则立足于诗的意象构筑型的分析研究，落脚到介乎两端之间的意象内形式构型。因此，它显然是一个完全不同于结构主义批评的新的本体的成形。

　　索绪尔和雅各布森都是语言学权威这一现象是发人深省的，而结构主义的主要基石即是语言学成果这一事实是更发人深省的。这样的气氛只会导致单一的语言学立场或哲学立场，却不会导致真正的文学立场的研究。"空间诗学"的任务，就是要区别于语言学和哲学视角，真正从文学立场上去展开对诗的空间构筑的研究。它提出的是一种文学本体论。若不然，如果它的"构型"真的可以与结构主义批评的"结构"概念

（1）参见张隆溪《二十世纪西方文论述评》第 142 页。

相置换，那么在 1975 年伦敦已经出版了卡勒的《结构主义诗学》之后，我们的《空间诗学导论》完全没有必要再问世了。一个理论如果只是为其他理论提供例证，而不具备一个独特的本体性格的话，那么它完全不具备"学"的价值。我想，正是在与结构主义诗学对比的基础上，我们才真正发现了"空间诗学"的本体意义。

　　最后，还应该涉及一个课题。当我们强调空间诗学的立场是意象元件构筑，并且它必然牵涉到具体作品之时，我们仿佛又看到了它与英美新批评派的貌似一致。诚然，就作品本体主义这一点而论，"空间诗学"与英美新批评派之间确实是相同的。但更大的差别则在于：英美新批评派反对把文学作品当作历史文献来研究，认为一首好诗与作者身世、时代背景、寓意等没有必然关系，历史的或传记的批评完全是不尊重作品的表现；因而主张一个文学作品是个独立自主的世界，是个有机体，必须立足于具体的每个作品的本体崇拜。在对旧传统进行高层次的荡涤之后，它自己却因为太注重具体作品的形式分析而忽略了体裁在批评中的价值。因此从总体上说，它又是十分孤单零碎、缺乏类型化能力的。"空间诗学"的主旨却恰好是一种类型化研究。它完全立足于诗这一文学体裁的形式特点本身，因此，它提倡作品本体主义，但又把它上升到类型形式本体主义，应该说，这是一个截然不同于英美新批评的立场。而这个立场与结构主义批评倒不无相通之处。

　　关于"空间诗学"在当代诗歌批评诸流派的位置及其特征，我用下表对之作一简单归类：

英美新批评	空间诗学	结构主义诗学
具体的作品本体主义	重视体裁与类型研究	重视体裁与类型研究
文字立场	文学立场	哲学、语言学在文学中的运用

第四章　格律的辩证性格

>　　一首诗的内容不可能与它的形式——韵文、音调、韵律——分离开来。这些形式成分是艺术直观本身的基本组成部分。
>
>　　　　　　　　　　　　　　　　　　　　　　——恩·卡西尔[1]

　　在强调了"空间诗学"的意象内容的立足点后，我们又返过头来研究诗的格律。讨论诗的意象结构而不涉及格律这个内容，将是十分荒谬的。如果说诗之与散文故事有什么差异的话，一目了然之处并不在于有无意象，正相反，"物质"形态的格律是判断诗之是否真正算诗的最明确标志。

　　当然，要研究印欧语系诗歌中的格律问题是个难度较大的课题，并且立足于空间诗学的立场，在表音字母之间寻找陌生的格律韵脚证明也将使读者百无聊赖，格律本来是个过于陌生的课题，再把它放在非汉语的拼音文字中更令人备感疏远。因此，我在此处采用直接引述前贤一些结论性成果而不做过多的诗句例证的方法，以使得只对汉字基础感兴趣的读者（相信这是大部分读者）不至为文字而感到隔阂。我们可以先以十四行诗这种古老的诗格来做例子进行初步的分析：

---

[1]［德］恩·卡西尔《人论》第198页。

十四行诗原是流行于民间的一种抒情诗格。它原先供歌唱。文艺复兴时期意大利诗人彼特拉克是最早的十四行诗名家。他的拉丁文诗作具有两个可以称之为格律的特点：（1）行列：由两个四行组和两个三行组构成，共十四行，每组即是一个诗节；（2）韵脚排列。该诗押韵是这样一个规则：

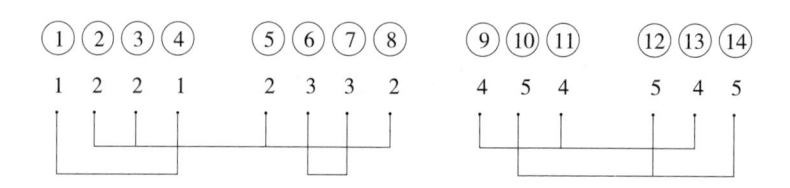

```
①②③④    ⑤⑥⑦⑧    ⑨⑩⑪    ⑫⑬⑭
1 2 2 1    2 3 3 2    4 5 4    5 4 5
```

凡数码相同的押脚韵，即诗行的最后一个音节押韵，每一个数字即代表一个本韵。这样，在这十四行中共出现五个韵，第1行与第4行押同韵，②③⑤⑧行押同韵，⑥⑦行押同韵，⑨⑪⑬押同韵，⑩⑫⑭行押同韵。五个韵除1号韵和3号韵是本行组紧衔之外，其余韵都跨两行组呼应，4号韵和5号韵更为整齐，是呈隔行押同韵的原则，与中国格律诗的两句一韵十分吻合，在十四行的后半部分起到整齐、归纳的作用。通常十四行诗被认为是格律最严的。

在这个格律中，至少包含了三个元素。一是行数有规定，二是韵位有规定，三是节奏有规定，当然，只要有了前二者则节奏存在是不言而喻。彼特拉克如此，以后的英国人虽改变行组，变成四、四、四、二式，并且包括了每行的五个音步（轻重格）以形成更为明确的节奏感，但原则上仍不出上述范围。

把这样的格律内容与中国古典诗的格律相比，行列的问题格律诗明确存在，如七律八行、五绝四行，韵脚排列的问题对格律诗也是基本；隔行押韵是最常见的范式。词的韵脚变化较大，但也与律诗保持大致协调，节奏的问题即顿的问题，格律诗的两字一音组所涉的即是这个内容。唯一不同的是，中国格律诗多了两个规定：

（1）平仄四声；（2）对仗。就声律立场上看，平仄四声是关键，没有它作为声调的音节规定，就不会有对仗内容的产生。

格律的目的是为了构成语音的节奏。而要有强弱明显的节奏，在声音的行进中必然要构成空白或叫间隔，依靠空白来形成起伏，这一点在印欧语系和汉语中也都存在，只是运用的方式不同：英语诗有"音步"作为空白点，法语诗有"顿"作为空白点，汉语的词多用逗作为空白点，也采用四声中的仄声急促来与平声的缓长构成实与虚的对比。关于此间的对比，朱光潜《诗论》中有较详尽的解说。他认为，欧洲诗的音律有三大类型：

一、拉丁语诗：很固定的时间段落或音步为单位，以长短相间见节奏，字音的数与量都是固定的。

二、英语诗：有音步单位，每音步只规定字音数目（仍有伸缩），不拘字音的长短分量；在音步内轻重音相间成节奏。

三、法语诗：时间段落不固定。每段落的字音数、量都有伸缩，故段落不是音步而是顿。每段字音以先抑后扬见节奏（抑扬兼指长短、高低、轻重而言）[1]。

而这三种类型与中国格律诗相比，它们表面的相异仍然显示出深层的同一性。作为声律上用以构型的媒介元素，三种类型共同表示出的无非就是诗韵、诗律、节奏的实质内容，最后还有一个外形式范畴的"行"的规定。如果对照律诗的特征，除了平仄对仗之外，其余与之性质基本相同。

接下来的问题是：既然中国格律诗与西方诗都有个格律问题，既然律诗起于唐代，有上千年历史；十四行诗起于文艺复兴时期，在文明起步较晚的欧洲大陆上也已有几百年历史，双方都有自己的历史与传统并为各自的语言形态提供服务，为什么中国诗与西方诗会产生如此大的差别？又为什么西方会有个如此漫长的史诗叙事诗时期而中国却没有？还有，为什么西方人在格律的规定下却没有像中国人那样注重意象的组接，却如此热衷于叙述以致使诗与叙事文学几乎不分彼此？当我们在"空间诗学"立场上对诗律进行界说时，如果只是停留在对诗律的技术性比较上，而不把它引向我们的意象结构内容时，这种讨论就是漫无目的、缺乏任何实际意义的。

最关键的原因还是文字。文字所标志的语言在格律问题上起了决定性的作用，把相同的格律性质引向相异的诗形式。如果我们把诗的格律比做各种元素之间的规范，而通过比较发现这种种规范在实质上基本相等的话；那么我们应该认识到文字本身即是元素。它的存在是一种实体的存在而不是关系的存在。一个鸡蛋在一定温度下可以变成一只小鸡，但一块石头在同样温度下却什么也变不成，在这个比喻中，印欧语系的标音字母和单音节的汉字即相等于鸡蛋或石头，而温度条件则相等于性质相近的格

（1）参见朱光潜《诗论》第161页。

律规定。

中国的汉字是集形、音、义于一身的。更重要的是，汉字一字一音，通常它也一字一义。音和义之间完全构成一种个体的对应。一千二百个音节担负着七八千常用字，造成众多的同音字现象和一字多义现象，使音与义两者达成一种真正的和谐。因此，当我们在读一首诗时，音节的延续与意义的展开构成一种同步关系，它们之间在位置上的对等造成了意义与音节的对等。比如：

群山万壑赴荆门，生长明妃尚有村。[1]
｜｜｜｜｜｜｜ ｜｜｜｜｜｜｜

只是"山"，则点出对象物的形态，但不足以说明山之数量，"群"字正是为标志这种数量而来的。"群"与"山"之间虽然构成一种修饰与被修饰的主次关系，但这个次要的修饰语既然在音节上占一格，其在字义上就绝非可有可无，而也同样占了一格，这种情况在律诗中是不可或缺的。

文字（义）与音节（声）同步，使律诗的律有了个整齐划一的格式处理。当音节的间隔被引申到声律中去时，又造成声律的与"义"构成同步，还是前两句：

群山万壑赴荆门，生长明妃尚有村。
平平仄仄仄平平，仄仄平平仄仄平。

意义的转换和词性的转换完全与声律取得协调，"群山"到"万壑"的对偶句是两音节一变；意义也跟着变。"赴"是动词，词性一变，音、义也都只占一格。当然不言而喻的是，当我们把字义伸延成为意象时，这种意象仍然与音节保持对应关系。词的情况要复杂一些，虽然它在四声上更严格，但它的句式错落较大，而且衬字插入较多以引起间隔感，如"休问旧色旧香，但认取，芳心一点"。[2] 这"但认取"的一逗三音节，从字义上说还不像律诗那么精密，而词的基本句式则还是与律诗相吻合的。

（1）《全唐诗》卷二百三十，第2511页。
（2）周邦彦《玲珑四犯（大石）·春思》，《清真集》第8页。

声律（音节）的整齐及与词义的完全对应，使中国诗可以构成一种非常有规则的格律形式，我们平时运用平仄格式时，习惯于这种格式的规定，因为它不但带来整饬的节奏感而且还带来字面意象的对称感。如五律平起式：

平平⃝仄仄平　　⃝仄仄平平

⃝仄仄⃝平平仄　　平平⃝仄仄平

⃝平平⃝仄仄　　⃝仄仄平平

⃝仄仄⃝平平仄　　平平⃝仄仄平

每句自成平仄的对应，每对句又成平仄的对应，起首第一句与最末尾一句又成重叠对应，声律限定既如此，意象"义"的排列也当如此。因此，这是一种极有回护感的格律形式，它的基础即是单音节的汉字以及"声""义"同步：通俗地说则是音节、声调与字义、意象之间的对应。林语堂曾经对这种律诗的格式做过一个极有价值的分析，他说完全可以把这种对称式句子想象为二人对话，把诗律变成英语式的问答关系：

A ah, Yes?　　B but, no?

A but, Yes!　　B ah, no!

A ah, Yes?　　B but, no?

A but, Yes!　　B ah, no! [1]

通过这样的转换，格律诗的回护感和对称感更其明确了。我想，这确实是个说明中国诗格律特征的最成功实验。

如果说在押韵方面，西方诗与中国诗至少还有个大致相同的要求的话，那么由于文字这一质点的不同，印欧语系的诗律却全然不可能构成上述格式，在英语诗中，除了押韵还有一丝回护的痕迹，其他因素则基本不具备。我们可以把英语诗的这种情况概括为"声""义"异指。

（1）林语堂《吾国与吾民》第7章第261页。

如前所述，在三种不同的诗格中，法语诗最缺乏装饰性，因此它的起伏度最大：时间段落不明确，字音数量变化余地也极多，可以暂且置而不论。英语诗有明确的音步，且字音数目在每音步中也有大致的规定，看起来是格律比较明显，也较易做到对偶。如莎士比亚的名句：

To be　　or not　　to be：
存在　　还是　　不存在：
that is　　the Ques-　tion[1]
这是　　个问　　　题

这种轻重五步格从形式上看是极为装饰、格律明确的。说它与中国诗的平仄格律相仿佛，虽然在丰富性上尚有逊色，但性质确实相同。但是：困难恰恰是在于，这种轻重五步格的声（音节）固然与平仄相对，但律诗中平仄与词字自身是同步的，而在莎士比亚的这句诗中我们只看到音节的整齐这一单独现象，却忽略了音节整齐并不与意义之间构成时间上的对应关系。这是音律自身的努力，与字义毫无瓜葛。

英语由单音字与复音字错杂而成，而以复音字（多音节单词）为多，这正是表音文字的特征。因此，它要保持音节对称，就不得不损失意象（字义）对称，就像英语中 Look 和 Loop 在音节上完全相同，完全可以构成对偶，但它们在意义上却是无法对偶（Look 是看，Loop 是回线或环状线圈），意义与音节是互相脱节的。反过来也是一样，在汉语中，"公主"和"少女"是一组对偶词，它们都是名词，都占二个音节；但在英语中，Princess 和 Lass 却是字义对称而音节多少完全不同，无法构成对偶。我们在中文的单音节中信手就可以拈出许多对称字面来，如"山重水复""柳暗花明"等等，音、义皆谐，但在英语中这种情况却几乎没有。

声、义异指的现象使印欧语系的诗歌几乎很少有可能去追求回护的美感，诗人们始终遇到两者之间不能相安的矛盾。当然，这只是一个方面。另一个方面的问题是语法，标音文字都有相当严密的语法，我们前面讨论过，它不是视的文字而是听的文字，

（1）《哈姆莱特》第3幕，《莎士比亚全集》第9卷。

如此复杂的音节如果没有语法的限制，于听懂是个极大的困难。而这势必又牵涉到言、文分家的实质：由于音节变化太复杂而导致的语法限制，是一种日常应用的需要，一旦它在历史中被定型为模式后，听的文字特征使它再也没有能力摆脱语法的限制，西方诗之所以有个叙事诗阶段，与此是很有关系的。叙事是日常用语，顺应语法的规定当然也就顺应了文字特征，而意象切割不但使诗的格局与小说叙事文的距离太远，更重要的是它违反了语言文字的传统规定，它当然很难生存。意象派诗歌的出现如果没有中国诗歌和日本和歌俳句的支持，仅凭它孤军奋战是很难站住脚的，因为它不但冒犯了叙事诗传统和抒情诗传统，还冒犯了印欧语系的语言规范。相比之下，前者还只是文学内部的冲突；而后者却是个全社会范围的对立面，一个小小的意象派又何以能以卵击石？

所谓的"顺时序"与"逆时序"的研究结果，在此中也见出了更深的含义。与其说它（在前几章）表现为一种诗学内部的分歧，不如更准确地说，是它背后隐藏着最基本的语言媒介的分歧。——读者别误会我会陷入我曾经指出过的索绪尔式的语言学立场：当把语言学研究当作诗学研究的基本方法时，我们应该感觉到它的局限；但当把语言所导致的不同构词性格提出来以判别诗的凭借起点时，我们却是在做一件十分必要的工作：因为诗的存在首先取决于语言文字。索绪尔的"语言"相对而言是批评方法的，我们此处的"语言"是历史的。

由是，我们对杜甫的"红豆啄余鹦鹉粒，碧梧栖老凤凰枝"[1]"人镜鸾窥沼，行天马渡桥"[2]之类的倒装诗句并不感到别扭：红豆怎么能有可能去"啄"呢？鹦鹉又为什么变成"粒"呢？稍稍读过诗的人肯定不会产生这种疑问。汉语中倒装的现象普遍存在，如果把它改成"鹦鹉啄余香稻粒"，顺则顺矣，但对语境反而有索然之感。句式倒装，音节不变，字义也还是对应，在单音节的汉语环境中毫无问题，而在英语诗中则由于每个词的音节不对称肯定步法大乱。原有的音步和抑扬格调全部搅混，而且就字义上看也毫无意义，一旦把这句诗按原序译成英文或法文，加上许多语法关系词，则这样的诗真的荒诞不通了。

---

[1] 杜甫《秋兴八首》之八。
[2] 韩愈《春雪》，《全唐诗》卷三百四十三第3842页。

律诗的倒装句法完全建立在一个虚拟的语法基础之上。因为句中不出现语法关系词，读者自会把语法按理解填入空白中去，足成完整的意象。而英语诗的句法是以实指的语法词为基础，每一句的冠词、前置词等等和主、谓语结构严密异常，故它当然无法去追从律诗的构词方式。在此中决定多种差别的，正是汉字的声义同步和英语等等的声义异指。它们作为"物质"存在有效地制约了诗的存在及其取向。

回护的特点使中国诗的格律自成一个自足的空间，首尾呼应，这个空间再与对应的意象结盟，又构成一个更大的空间：形式与内容所聚合、构筑的空间。在此中，对应关系（或如雅各布森所说的"对等原则"）是决定性因素。

声义相异的特点使西方诗长期停留于叙述阶段。它只能构成音步的结构形态，既无法将之上升到回护层次，更无法使这种结构再移位到意象内容的结构中去，因此它是缺乏空间意识的。语言文字的不对偶成了它的致命弱点。

这样看来，"空间诗学的起点首先是汉语范围"这个结论是有些道理的。

再来看对仗。

对仗是个最令人捉摸不透的"谜"。第一个特征就使它为人刮目相看：它是地道的"国产"。

频频转换方位的遭际使"对仗"显得游移不定，扑朔迷离，很难对它进行定性的把握。我们首先看到的事实是，尽管对仗在目前是限制诗的修辞格式的规范，似乎是先有对仗规矩然后再用词汇去迁就它，但在最早的诗歌里，对偶形式即已存在而那时还没有律诗的雏形。《诗经》：

> 昔我往矣，杨柳依依，
> 今我来思，雨雪霏霏。[1]

这样工整的字面对偶即便放在律诗中也毫不逊色。问题是它远早于沈约创四声，它距成熟的格律诗至少有上千年历史。之所以在如此早的时期已存在了对偶，显然不是对仗格律的制约，而是一种自发现象；而它之得以产生，正是由于汉字的音义同步

---

(1) 参见陈直《〈诗经〉直解》。

和单音节、单个的字富于装饰能力的缘故。先民们之所以运用它，也是因为它较能表达人类的生活感情——请注意：这是一种完全以内容为去取的立场。

然而，形式与内容之间的互制互生规律，使这种本来纯属偶然的选择变成了具有深刻历史价值的类型选择。如同中国画形式是造型、笔墨加线条，书法形式是文字造型与线条一样，这些既是它的限制又是它的内容表现的最好媒介。古典诗中形式与内容之间的深层联系具体表现为内容选择形式，形式又反过来对内容进行反控制。对仗的演变过程正深刻地揭示了这一点。

形式制约内容首先取决于形式能提供哪些有价值的成分。历来被划归格律范围的大致有平仄、粘对、押韵、句式、对仗等，平仄指声调，韵脚指声韵，粘对指句调，句式限制字数，这些都不属于内容范围，它是限制内容的。唯有对仗却不如此。所谓对仗，就是用对称的字句和概念进行排列组合，把同类或对立的概念并列起来。其中包括句型相对，如主谓结构对主谓结构、动宾结构对动宾结构；还包括词性相对，如名词对名词、动词对动词、形容词对形容词等等。它似乎属于修辞学范畴，而修辞应被划入内容部分，与形式关系并不太大。当然，既是内容而不是形式，那么它应当是自由的即兴随意的，而不能是被束缚限制的。正如我们在写诗时，悲痛是从心所出的真情实绪，但作为内容，它不能去要求诗人再生造出一个喜悦来与这一情绪相配对。在内容之间搞凑对，难免让人感到这是在做文字游戏而不是写诗。

果真是这样的吗？请先来看看以下两组例子：

> 国破山河在，城春草木生。
> 感时花溅泪，恨别鸟惊心。
> 烽火连三月，家书抵万金。
> 白头搔更短，浑欲不胜簪。[1]

这是杜甫的五律绝唱。精凝的景象塑造，为表现他那感时思亲的情绪起到了出色的作用，故千百年来传诵不绝。这种塑造曾受到严格的锤炼，每一句都有周密的呼应："感

---

[1] 杜甫《春望》，《全唐诗》卷二百二十四第 2404 页。

时花溅泪"着重表现眼睛所见（当然是虚拟），"恨别鸟惊心"则着重表现耳朵所闻；"烽火连三月"承"感时"句，着眼于"时"，"家书抵万金"则承"恨别"句，着眼于"别"。上承下启，环环相扣，组成了严密的毫不松散的结构，而这种严密正是与五律的平仄相对、隔句押韵的格律相对应的，律句的颔联与颈联格律最严，意象的塑造也以这两联最为精凝——形式上的格律与内容上的锤炼具有紧密吻合的特点。但读惯西方诗或习惯于"顺时序"语句思维的读者也还会产生一个惘然：杜甫的思维很奇怪，他难道真的是在想到"花"的意象后马上跳跃到"鸟"的意象吗？或者真是能在思维的自然进程的瞬间，从"烽火"马上引出"家书"吗？这是一种当时的思想记录还是后来的为迁就诗律的安排？至少从表面上看，是后者的成分多于前者的成分——尽管这种安排仍然占尽单音节语言的便利，它虽是迁就但意象仍然十分完整而易于把握。

怪者见不怪为怪。在律诗中，这样安排式的思维本来并非正常，但却是合乎规范的；而顺时序的本来正常的思维，却被认为是大有可疑的。

> 牛渚西江夜，青天无片云。
> 登舟望秋月，空忆谢将军。
> 余亦能高咏，斯人不可闻。
> 明朝挂帆席，枫叶落纷纷。[1]

从身处牛渚、登舟、怀古、自述、明朝的展望……思维过程很清晰，前后因果也很易把握，基本上顺时序行进。而具有讽刺意味的还在于：从格律上看它也完全合乎要求：合平仄，也押平声韵，似乎一切都极如愿。但令人费解的是古今人等多有对它持特别看法的。而这种看法的来由，却是它的不讲对仗。声律上是地道的五律，又是古今名篇，出自大诗人李白笔下，却在字面上不讲对仗。首先是选家们觉得很难办：诗自是好诗，但以律诗衡之，不对仗；以古风要求，却又合平仄。真是左右为难。碍于李白的面子，直接地指斥自然无人敢为，于是开始侧面为他辩解。但辩解本身就基于一种不妥帖的心理需求：

（1）李白《夜泊牛渚怀古》，《全唐诗》卷一百八十一，第1849页。

赵宧光认为，此诗"无一句属对，而调则无一字不律。故调律则律，属对非律也"。请注意他的末尾，"调律则律"，指格律（形式）上是律诗；"属对非律"，对仗虽是格律之一，但它带有内容成分，因此，在内容组合上却不算律诗。可见，内容的表现有律与非律之分，不只是形式而已。李白此诗的内容表现方法不是律诗本色，尽管合律，终不免引起纠纷。

杨升庵认为，此诗"乃是平仄稳帖古诗也"。平仄合辙则格律严谨，应是律诗，但内容表现却又是古诗，显然，他也认为内容表现上应有律与不律之别，非止形式。

田雯声称："青莲作近体如作古风，一气呵成，无对待之迹，有流行之乐，境地高绝。"奇怪得很，既作近体就合律，又何能如作古风？这个古风，当然也是指内容而言，"无对待之迹，有流行之乐"，正是对古风内容表现的精到评价。把近体的"对待"（偶）与古风的"不对待"做比较，本身即认为古、律之间的内容表现应有不同。

孙薕塘评此诗有云："以谪仙之笔作律，如豢神龙于池沼中，虽勺水无波，而屈伸盘拿，出没变化，自不可遏，须从空灵一气处求之。"点出要求之"空灵一气"，本身就说明了太白的空灵并不是律诗本色，不然，一般人自能理解，又何必孙老先生特意关照？

施补华认为，此类诗"须一气挥洒，妙极自然，初学人当讲究对仗，不能臻此化境"。初学人当讲对仗，反证李白诗不讲对仗，只是一气挥洒，与上举田雯的"有流行之乐"一样，都是古风的特征。可见施氏见解与上述各位完全一致。[1]

不管是杨升庵认为是"稳帖"也好，田雯认为是"境地高绝"也好，孙薕塘认为是"空灵一气"也好，施补华认为是"妙极自然"也好，李白的不对仗毕竟引起了这样一桩公案，使古来一直议论纷纷，不但令选家们觉得为难，也使评论家们迷惑不解。辩解都是出于维护名家的好心，但辩解却不约而同选择"对仗"这个突破口，却正反证这几位心里对律诗对仗规矩的遭到违反觉得不大舒服。如果扭转这种质疑与辩解看成是出于约定俗成的观念立场的话，那么它意味着一个非常奇怪的现象：在形式格律中，出现了对仗这个属于内容范畴的格律，它反过来对内容表现再进行限制。李白此诗之所以惹出众说纷纭，正因为他的顺时序思维没有遵循这一限制，而这被认为是不正常的。

---

[1] 参见笔者《关于律诗中意象组合规律的初步研究》，《文艺论丛》第21辑。

我们很难想象在《诗经》时代会有人用"杨柳依依"对"雨雪霏霏"来要求其他诗句也必须如此。这本不是个规定限制，但是在唐代，它却成了规定，这一步是怎么转换过来的？

从主观上看，在律诗成形过程中，诗人们认为：形式的明确规定应当在内容上得到呼应，仅有平仄押韵特点，内容选取却是自由散漫，律诗的特征仍然无法完善。只有在形式、内容两方面同时建立自己的面貌，才能构成一种新的强有力的文学体裁。既然形式（平仄、粘对、押韵、句式等等）的主要实质是在于对偶，那么内容也应当相应对偶，故而杜甫会在"花溅泪"后立即想到"鸟惊心"，在"烽火"后马上选用"家书"，在开始是有意识地选择推敲，熟练之后则成了本能的反射，一个意象出现后立即会同时出现几个可能相对应的意象与之比较，从思维角度看，这种思维方式很接近于我们目前比较流行的"反向思维"能力的方式。

从客观上看，即使在开始只有内容的对应选取，诗人们在对称与不对称的句式中会敏感地意识到前者更精巧，意象浓度更高而转换频率也可能更快，这当然是个极大的诱惑。在《诗经》《楚辞》时代，语言文字尚在成形过程中的时代背景，使诗人向往精巧而鄙弃粗野。正如在学画时缺乏造型能力的学生最大的愿望是能准确、精致地描绘对象一样。对偶句的被普遍运用乃是一个可以预想的情况。因此，即使在开始只有自由选取，诗人们也会感于对偶的魅力使它尽快定型，等到六朝隋唐的创四声、律诗成形阶段之后，声律方面的形式限制又为对偶带来最好的现成媒介。即使只有形式限制而并不规定内容的对偶，随着时间的推移，内容的整齐划一也如历史潮流不可阻挡，这种追求整齐的审美理想出于两个方面的渊源：一是文学自身的内容渊源：如《诗经》、汉大赋和六朝骈文对偶风的影响；二是文学以外的形式渊源：如四声中的对偶性和隔行押韵以及句式规定的二字一组的格式等等的影响，自然的千姿百态的思想内容虽有勃勃生命力，但只要它进入诗的领地，就不得不屈服于形式的苛求，并逐渐形成一套符合形式需要的手法与技巧，这是历史发展的必然。

正是随着时替风移，形式格律这一方面的日趋严密，迫使原作为一般修辞技巧（它属于内容）的对偶逐渐形成一套固定的程式而为后人所遵循，像平仄一样不能违反。在它最初被自由运用时，人们是不会想到它会转变性质的，但等到它成为固定格式，明确要求得到诗人们尊重时，它就把自己放在与平仄、押韵等平起平坐的位置上，自然而然地进入了格律的领域之中，成为形式的一部分。

也正是出于这一点，李白此诗才会引起后人那么多的议论。在已经把律诗讲究对仗视作金科玉律的后人来看，李白此诗确实存在着奇怪的掺和，但只要我们认识到对仗有从内容表现转化为形式格律这个过程，就不会对这些议论少见多怪了。元人方回在他的《瀛奎律髓》中曾认为李白这类现象出现是因为"是时律诗犹未甚拘偶也"，用发展的观点来分析当然是有眼光的，但只看到律诗的对仗从"不拘偶"到"拘偶"的时间转换过程，而没有注意到对仗还是一个从"内容（它不要拘）"到"形式（它必须拘）"的性质转换过程，终不免让人感到略有不足。

至此，对于对仗我们可以有一个较明确的认识了：它本属内容范畴，后来由于各种原因而转变为形式，但它在诗词格律中仍然实施着具有内容色彩的修辞功能；不像平仄、押韵那样完全是从形式到形式，它是形式格律队伍中的"客卿"，基于这个特征，我们可以把对仗称之"形式中的内容"。

内容表现在不同的诗歌体裁中有着不同的途径，律诗与古风之间不但在格律上迥然有异，在内容组合上也大相径庭。通过考察，我们可以承认这种差异是存在的，古风不入律有它相对应的"有流行之乐"的内容表现，格律诗的内容组合也同样反映出格律的痕迹（如对仗），它的表现方法有别于其他诗体，基于同样道理，我们把这种内容表现上的"格律"称之"内容中的形式"。

律诗的"形式中的内容"和"内容中的形式"的互为交叉，向我们展示出形式对内容进行反制约的明显痕迹。对仗作为此中一个最典型的例证，所提供的启示的确是发人深省的。但这种反制约得以存在，首先也还是取决于单音节汉字的卓绝能力。正因为汉语是声义同步，故从声到义的控制渠道才能被筑构起来：筑构的条件首先取决于它们之间能对等地互相置换。倘若没有这一物质存在，置换仍然不可能不遇到障碍。一个最简单的例子，是印欧语系的诗歌中，为什么没有从声到义的反制约？为什么我们在西方诗中号称最严格的十四行诗中只看到音步、押韵、定行这纯属形式格律的现象，却看不到它的作用于修辞或语词？为什么我们永远也找不到中国诗式的对仗？之所以会这样，不正是因为印欧语系的语言文字声、义不同步，其间不存在可以互相流通反馈的形式渠道吗？

分析当然还可以再深入下去。在"空间诗学"的意象构筑立场而言，对仗的价值绝不仅仅是对仗而已。它更有魅力的职责还在于它是意象的文字基础，在我们上述的讨论中，对仗一词与意象一词是可以互换的。对仗的成功即意味着意象的成功。由是，对仗的完全合律即标志着意象作为内容的同样完全合律，亦可以说，这是一个形式格律与内容意象之间完美组合的最佳典型。我想，这可以被看作是律诗跨千年而不衰的最主要理由：没有一种文学形式有这样成功的性格。词之要叫"填词"，则证明了它的远逊于诗，当然它为了要合辙配曲歌唱，不得不如此。

当然，我还很乐意指出，把对仗与意象作互换的设想只是立足于方便理解，事实上它们毕竟是有差异的，这倒不在于这两个词的表达意义有差异（这是一目了然的），而是在于它们的性质有差异。因为在这时，对仗已经不是内容的范畴而是出任一个冷冰冰的形式规定角色，因此，对仗与意象之间的对应只是一种技术上的对应而不是性质上的对应，其间的关系有如下表所示，两类箭头分别代表两种不同性质的转换：

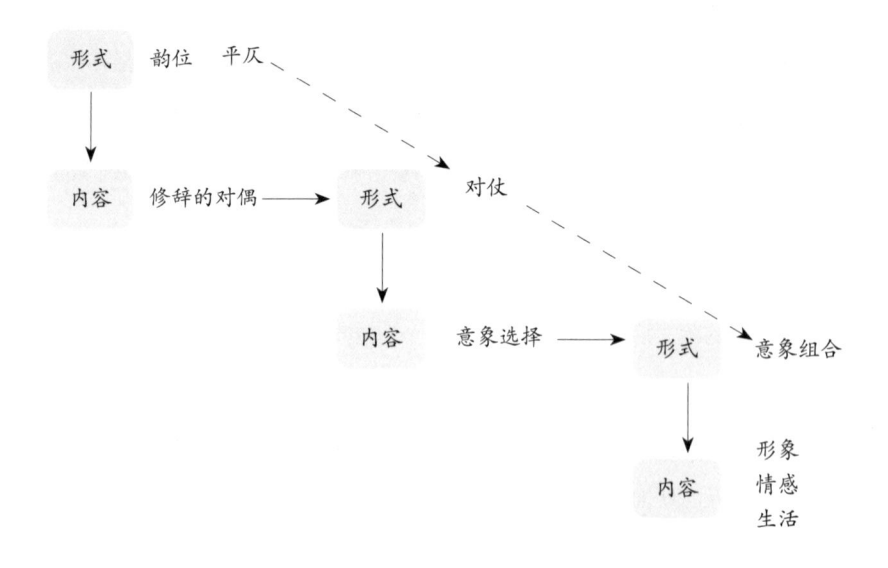

```
形式  韵位   平仄
 ↓              ╲
内容  修辞的对偶 → 形式      对仗
                    ↓        ╲
                   内容  意象选择 → 形式  意象组合
                                    ↓
                                   内容   形象
                                          情感
                                          生活
```

值得注意的倒是那根斜线。它表明：从纯形式的平仄声韵到对仗再到意象组合，是一个连贯的同一质的演变。自然，这又印证了我们在前面指出的"意象"作为内形式的重大价值。正因它有这样的价值，故而它能成为"构型"的"最基本元素"，构型显然是个形式化过程，如果没有一个具有形式功能（但又不是形式本身内容）的元素作为支点，它无疑是难以奏效的。意象正是个具有这双重性格的理想对象。

如果我们在回护、对偶中看到一种明显的空间感的话，那么律诗的空间色彩无疑最为鲜明，这当然不是说西方诗就不具备空间感；而是由于声、义之同步与异指，声律之是否能反作用于内容等一系列深层课题的存在，使中国格律诗的构型——空间塑造能力强烈而明确，西方的诗则相对微弱而含混。中国格律诗直接从字面的排偶中即可看出空间的构筑性，西方诗却看不出这种性格，它必须等读者把字面的参差错落（包括音节音步的错落）变成一个个固定意象之后，在读者思维中才有可能显示出其构筑性。前面所论到的中国诗歌是一种视的诗歌以及言文分家的书面语言的视的特征，在本质上也正是点明了这个重要分界。

语言文字的差异显然是两种不同文学性格产生的最根本理由，如果硬要在中国格律诗和英文法文诗中强分轩轾的话，那么我只想指出它们的关系正应了一句中国成语。

成也萧何，败也萧何。

意象派诗歌的格式是一个特例，它不但有别于中国格律诗，也有别于西方的格律诗（以十四行诗为代表），我们在前面已经谈到了它与叙事史诗的差异，这种差异主要表现在于顺时序与逆时序的构筑方式上。相对于史诗而言，非时序当然是个极有成效的突破。但意象派的努力最终也还是脱离不了它的语言基础。非时序的意象组合可以在一定范围内被允许，一旦它牵涉到语言媒介这个文学的根基，失败的阴影仍然时时笼罩着诗人。我们之所以对庞德的脱节译诗的中文形式：

惊奇。沙漠的混乱。大海的太阳。[1]

由衷表示赞赏，即使"惊奇"是个完全错误的意象也无关大局，而对脱节译诗的英文形式：

Surprised，Desert turmoil．Sea Sun．

---

[1] 参见赵毅衡《意象派与中国古典诗歌》，《外国文学研究》1979年第4期。

每每总感到不太习惯，其原因正是因为语言规范的作用。单音节的方块汉字在这种脱节气氛中毫无忸怩之感，而具有严谨语法构造的英语却极不习惯于这一套。我想，对原诗的先入为主印象在此中当然也起些诱导作用，但最主要的还应该是语言本身的问题。

为了达到意象的对偶而不得不付出音节牺牲的沉重代价，这应该是个极为悲壮的尝试。意象派诗人打破了音节的限制和音步的限制，甚至还打乱了行的规定，变成一种完全自由形式的新诗体裁，这一点与中国新诗很像。当然，无独有偶，为了使自己的诗更像诗，韵这个最后的阵地是绝不会被放弃的，这是意象派诗与中国新诗的共同特征。自由诗本来起源很早，在中国无数的古民谣，在古希腊许多的自由韵文，都是现成的先例。近代法国诗人也多作自由体诗，据说特点是：（1）顿的规定可随意，传统格律的亚力山大格，每行十二音，古典派分四顿，自由诗则可有三到六顿。（2）押韵通常用①①②②式"平韵"，自由诗可以用①②①②式"错韵"，①②②①式"抱韵"。（3）每行不依规定，长短皆可随意。意象派诗歌运用了这一弹性极大的体裁，把各种规定变成了自由运用，这样的立场无疑是偏重于意象内容的完整而轻略音步韵脚行式的完整的。在印欧语系的语境中，音节与意义竟至如此的不可调和，则意象派的选择虽说是迫不得已的顾此失彼，要之也是特定条件下唯一可能的最好选择了。

不齐行式的规则显然使它的视觉形式不那么具有结构感。在这一点上，倒是中国新诗又显出它在语言方面的得天独厚处。中国新诗也主张打破律诗的对仗，不拘平仄四声。倡导白话诗的胡适曾激进地提出：

> 诗的音节全靠两个重要分子，一是语气的节奏，二是每句内部所用字的自然和谐。至于句末韵脚、句中的平仄，都是不重要的事，语气自然，用字和谐，就是句末无韵也不要紧。[1]

虽说这只是白话诗的倡言，而且后来也有闻一多等的讲究音节、对仗和押韵的"晨报诗镌"一派，但平仄之说确乎是渐被淘汰了，押韵之说也大打折扣，完全不

---

[1] 胡适《谈新诗》，《诗论》第174页。

按韵部规定而是朗朗上口即算有韵，与意象派（包括其他现代派）的变韵方式如出一辙。

但是，还是这个"该死"的语言媒介，它常常在不知不觉中为我们制造种种差异的障碍。古诗的行式整齐是一致的，十四行诗与律诗虽然整齐的理由有异，但现象却都是整齐。意象派把行式的整齐变成错落，中国新诗也同样有这一尝试。除了个别叙事类长诗之外，无论是李金发的《微雨》、海音社的《短歌丛书》中的许多诗作、康白情的《草儿》、汪静之的《蕙的风》、冰心的《繁星》、徐志摩、戴望舒……甚至是郭沫若的《女神》，都强调错落的行列构筑对于意象表现的必要性。但我们同时也看到，中国新诗的行间错落；其意象的密度仍然稍大于西方现代诗，构筑的、非时序的、个体的语言相对于叙述的、顺时序的、因果的语言个性，以及其间的视的文字与听的文字之间，仍然不时顽强地表现出它的相异来。只要中国新诗的口语化程度引进得越草率，这种意象密度就被稀释得越厉害。当然，从某个特定的角度去看，庞德、艾略特等人的"反道而动"，也正是努力从他们自己的传统——语言化、叙述化的桎梏中跳将出来，进入文字化的范围以求提高意象密度，虽然这是两个对各自传统进行背离的"革命行为"，但我们应该考虑到它们存身于诗这个范围的规定。在诗中，意象的凝练和精简永远是最高境界，而疲沓的平铺直叙永远是失败的先兆。我想，这个规定对于我们的探索是不无启发价值的。

意象的紧密暗示了画面感的增强——因为意象构筑是空间诗学的基本立论点，而画面所提供的就是一个空间，仅是这两个表面重合的"空间"就足以表明它们之间的亲密关系了。但是，在画面感这个课题中，同样存在着一种有趣的对比关系。这种关系几乎与语言又产生千丝万缕的瓜葛，而它最后被引向的并非是语言方面的结论，而是流派意识方面的结论。我们先来看中国诗。按照格律越对称意象就越密集、画面感也就越强烈的原则，律诗显然是最占优势的。王维《送梓州李使君》：

山中一夜雨，树杪百重泉。[1]

---

[1]《全唐诗》卷一百二十六，第1271页。

杜甫《漫兴》：

肠断春江欲尽头，杖藜徐步立芳洲。[1]

这些诗句的画面显然是呼之欲出的。当然，还有比它更密集的形象集群。如温庭筠的《商山早行》：

鸡声茅店月，人迹板桥霜。[2]

堪称是一字一景，没有一个虚拟词出现，这大约是格律诗在画面感追求上的最极端做法了。在这样的审美趣味中浸淫几十年后，回过头再去读拜伦、雨果、雪莱的诗或者那些叙事史诗，确实不无拖沓沉闷之感。例如：

你怒吼咆哮的雄浑交响乐中，将有树林和我的深沉的歌唱。[3]

虽然从中也能窥出作者激情，但这种面面俱到的词序结构将销蚀掉多少爆发力极强的激情？很有趣，即使是诗人自己有意识地想使语句变得简洁些，但语言的限制还是使他们徒唤奈何。最精彩的是下面的一个对比例子。大诗人歌德在某一次写诗时，为了表明自己不喜欢拖沓，有意标出自己是在写格言诗，其中有如下两行诗：

你要我指点四周风景，
你首先要爬上屋顶。[4]

只有这么两行的格言之诗，在西方诗中可算是简洁得可以，但我们仍为它的语言

---

(1)《全唐诗》卷二百二十七，第2451页。
(2)《全唐诗》卷五百八十一，第6741页。
(3)《西风歌·五》，《雪莱抒情诗选》第90页。
(4)《歌德抒情诗选》第149页。

修辞的累赘而感到不满足。于是再回过头来看看中国诗：

  欲穷千里目，更上一层楼。(1)

  表示的是同一种哲理。"指点四周风景"的平凡意象被"千里目"这样的恢宏气度绝对震慑无疑，我想，这正是语言所产生的制约。真是无所不在的制约啊！

  有感于西方古典诗的说理过多和语词转折关系交代太周到，意象派提出一个响亮的口号：在每一首诗的字面上只能出现鲜明的形象，反对抽象的说教和哲理启示，也反对不着边际的含混抒情。意象派诗人认为，有形象就足以包囊所有这些了，形象的"凝练是诗歌的灵魂"，(2)庞德在他那著名的宣言《意象主义者的几"不"》中强调指出：

  不要摆弄观点——把那留给写漂亮的哲学随笔的作家们。不要描绘，记住一个画家能比你出色得多地描绘一幅风景，他对此必然知道得更多。
  当莎士比亚说到"黎明裹在一件赤褐色的斗篷中"时，他在呈现画家所无法呈现的一些东西，在这行诗中没有任何可以称为描绘的东西，他在呈现。(3)

  这是至关重要的强调，是开拓出整整一个时代的历史性的强调。在古代西方诗中，没完没了的叙述、拖沓的抒情节奏、抽象空洞的说教，以及像"一双皙白的手看起来窄而微长"(4)之类的疲乏的描绘……这些代表古典西方诗的传统模式，在意象派眼中都是必须被扫除掉的废物，我们不由得赞美意象派的胆魄，要有如此的洞察力，在西方诗坛这个氛围中，是多么的难能可贵？我忽然想起了一个传说，有一位诗人拜访庞德，并请他批评自己的诗作，庞德看了三个小时苦苦思索，最后批评的竟是这样一句话："你要用上九十七个词，我发现它用五十六个词就行了。"(5)这种不惜一切代价的惜字如金的

（1）《全唐诗》卷二百五十三，第2849页。
（2）《意象主义（1915）·序》，《意象派诗选》第159页。
（3）《意象主义者的几"不"》第154页。
（4）《疯狂的罗兰》第7章，参见［德］莱辛《拉奥孔》第115页引。
（5） 参见［英］彼得·琼斯著《意象派诗选·原编者导论》引。

做法，对于古典西方诗歌而言的确是使人发聋振聩的壮举。正是在这样的无休止的锤炼中，我们才发现了意象派诗作的画面感确实比较强，它们部分地冲破了语言所带来的局限。

"诗中有画，画中有诗"，是苏东坡对王维诗、画双绝的有力评价。在莱辛努力证明诗画歧途的同时，中国诗人却热衷于与绘画攀亲家。这种攀附无论对诗还是对画都产生了扭转航向的历史作用。中国画之所以没有走西方写实主义绘画的道路，而停留在抽象与具象之间左右逢源，很大程度上要归功于诗歌的提携。同样地，中国诗之所以没有走上单纯的说理或单纯的叙事道路，至少部分地也要归功于绘画的良好影响[1]。诗当然不能直接表达视觉感受，并且诗也并不以写景为终极目的，应该说诗的目标和功能远远要大于这一要求。但中国诗的成功即在于诗人的情通常不做直接的一览无遗地抒泄，而总是通过一定的"景"——视觉形象所构成的意象来委婉含蓄地表达出来，这种以景写情简直成了历来每个诗人必不可少的基本功。正是在这种特殊的审美心态推动下，中国诗的写景能力被磨炼得特别强并总能得到充分的发挥。再加上语言文字的基础以及上述种种格律的、历史的、文化的原因，使我们简直可以把律诗称之为是风景诗——几乎没有一首诗或词（不管是五古七古、绝句律诗和短章长调）不带有风景的痕迹，即便是咏物词，如姜夔的咏梅词《暗香》《疏影》，完全是即物写感，也必得给它一个境界高逸的景观：

江国，正寂寂。叹寄与路遥，夜雪初积。翠尊易泣，红萼无言耿相忆。[2]

又如史达祖咏燕词《双双燕》，在对一个飞禽的惟妙惟肖的刻画中几笔就勾出一幅情趣盎然的图画：

还相雕梁藻井，又软语商量不定。飘然快拂花梢，翠羽分开红影。[3]

---

(1) 关于绘画与诗歌之间的互相影响与控制问题，请参见笔者著《中国画形式美探究》第6章。
(2) 宋姜夔《暗香》，《全宋词》第2181页。
(3) 宋史达祖《双双燕》，《全宋词》第2326页。

这就是中国诗的传统。如画的传统。中国诗的意象构型使这一传统具有先天的优越土壤，古典西方诗歌长于叙事，似乎于此还没有彻底的醒悟。意象派既反对说理，又反对抒情，还反对描绘，它的意象立足点也迫使它必须重视诗的画面感——这是一种被拈出的客体形象与主体情感之间的对应物，是一种形象基础上的意象。在形象、精练、画面感的不懈追求方面，庞德作为意象派的最早领袖的确是取得了令人鼓舞的成功。他认为他在诗中运用形象，是一种在"刹那间一件外向的和客体的事物使自己改观了，并突变入一件内向和主观的事物"。(1) 这段话可以有几个把握点：第一，是客观事物（形象）作为一切活动的存在保证；第二，是通过时间"刹那"和立场"改观"的置换，加入了自我的成分，把客观变为主观。因此，他提出的只准用形象的口号，不能看作是他对主观的蔑视，正相反，是他的形象中已经充分地表现了主观的一切。它似乎是一个移情过程，但在一定的结构范围内，又绝非移情那么简单。这是意象派能牢牢抓住形象又把它上升到意象层次，并在其中观照人自身的根本原因。中国诗的成功也正是依靠这一原因——有谁能说"人迹板桥霜"的形象凸现中不渗透入浓郁的作者情态呢？

在一字一音、声义同步的汉语格律诗面前，意象派要想完全沿循固定声律然后再固定意象的道路，最终则必然以失败告终：字面的音韵整齐则意象单元反而不整齐；打破规定的音乐限制却反而能做到对称。"自由诗的组成单位不是音乐、音节的数目、音量或行数。组成单位是节……每节是个完整的一圈。"(2)这样的宣言我想当然是有针对性的。人们通常用来指责意象派的一个罪名是他们写的不是诗，而是"切碎的散文"。这样的批评当然出于一般读者对诗所要求的韵脚、音步、行数的整齐划一的审美习惯，笼统说来并没有错。问题是我们常常忽略了印欧语系的声义异指这个特征。意象派的打破这些规范，从表面上看确实使诗更显得像零句断简的散文，整齐的行式音节和节奏方块被错落的自由穿插所代替。但它的深层目标，却正是旨在追求意象的精密和对称。表层的背道而驰与深层的对称意识，我以为是意象派诗人在标音文字环境中所能有的最好选择——他们抛弃的是表面形式的直观式整齐，而得到的却是深层意象内容的对称并列与互相生发。

（1）《意象派诗选·原编者导论》第45页。
（2）《意象派诗人（1916）》序，《意象派诗选》第163页。

语言（音节）与文字（意义）之间的冲突始终存在。这样深思熟虑的选择倒不禁令我想起了日本的和歌与俳句。如果说，古盎格鲁－撒克逊诗是建立在头韵上，希腊和罗马诗是建立在音量上，十四行诗则是产生精确的格律的话，我以为这可以算是一种类型（当然也包括前述的诗的音步、顿的规定）：这是一种只重音律不重内容的对称类型。中国诗的单音节语言和声、义同步又是一种类型：这是一种较注重内容对偶、全面对称的类型，两种类型基本代表了诗歌艺术的两个极。日本的语言是个非常奇怪的混合体——我们经常叫它"黏着体"。它的依赖于汉字使它的文字系统不那么纯粹，自处东方的地域环境又使它也采用单音节发音而不是复合音的方式。这一点又与中国语言相近。如：

やくもたついづも やへがき つまごみに
やへがき つくろ そのやへがきを [1]

这种一字一音的发音顺序与中国汉字发音的程序完全同质。因此它本可以沿用汉字的诗歌处理方式以形成地道的对偶。但是，它也同样遇到一个音与义的冲突问题。在公元 1 世纪直到 5 世纪时期，尚处于文明前夕的岛夷上也许有自己的语言但却没有自己的文字，向往大汉文明的崇仰心理使当时的倭国国王热衷于求得汉王朝的赐物，随着光武帝所赐赠的"汉委奴国王印"而同时东渡了华夏文明，在日本而言虽只不过是获得了一个附庸国的地位，但意想不到的好处则是引进了中国文化，遂使举国上下无不以能识汉字为莫上的学问。讲汉语、写汉字成了权威的、贵族气的表现。但一旦越出狭小的宫廷范围，这种以汉字为高的风气马上遭到来自民间最大范围的抵制——日本语言（不管是古音还是今音）本质上是标音的，一个汉字"妻"读（qī），在日本语中却是"つま"。无论形、音都不一样（音从一节变成了两节）这样的语言与文字分家显然极不利于应用，于是一部分开明的日本人士尝试着用汉字去标日本语音。但这虽然能使书写与口说统一起来，毕竟仍不利于使用。文字繁复的程度增加了两倍到三倍（如记一个"つま"必须写两个同音的汉字，写一个"樱"字必须用三个汉字来

---

[1] 日本《记·纪歌谣》，转引自《日本和歌史》第 3 页。

记"さくろ"这三个音），困难重重，深有不便。从"万叶假名"在被应用不久就遭取代的历史现象中，可以看出民间对此的态度。

标音的假名应运而生。只有到这时，假名的书写才算真正与语言同步。发一个音即记一个字母，虽然仍然是单音节，但毕竟是构成了自足的从语言到字形的循环系统。在文字学的最基本的"形""音""义"三项中，前两项已被解决，只剩下后一项："义"。

标音的字母是个先天的障碍。它永远也不可能再与"义"去构成一对一的对应。和歌与俳句正是在这一点上被卡住了脖子。请看例证：

除 夜 钟　　　相 国 寺
じよやのかね もつともちかきそうてくじ(1)
五音节　　　七音节　　　五音节

把这三个音步合起来构成五、七、五句式，正是十七个音，但这十七音与意义并不能对位。这首俳句的中译是这样的：

除夜最觉传声近，相国寺里鸣晚钟。

这还是译者根据中国诗的习惯把它排起来，有时七言十四个音，有时五言十个音，与俳句原本音节根本无法对应，当然音多音少还是个表面问题，更重要的是它们不处在相等的位置上：在汉译中，"鸣晚钟"的意象出现在句尾；而在俳句中，"鸣晚钟"的意象却出现在句头的五音之间。声与义之间完全不能对称。而细细揣摩此中的差别，则凡用假名标音的皆是一字一音，并不难处理，最难处理的是那些当用汉字：汉字一个"钟"，日语中代表两个音格加"ね"，汉字"相国寺"三单音，在日语中却代表五个音格"そうてくじ"（长音也占一格），反过来也是一样，"もつともちかき"七个音格，译成汉语只有两个音格"最近"，即使是根据意译，也只能占三个音格"声最近"。这样的声、义异指，在更古老的和歌中也是一样：

（1）松风俳句，参见《日本俳句史》第1页引。

　　　　　みずす　　　　かいめん
　　しつとりと　水ち吸いたる　海 绵　の
　　　　五音格　　　　七音格　　　　五音格
　　おも　れ　　ててち
　　重され似たる　心　地おばゆる
　　　　七音格　　　　七音格

[汉译]　湿重海绵饱吸水　自觉情怀与此同[1]

　　在汉语中"饱吸水"三音格到了和歌中，竟变成了"しつとりとみずちすいたる"十二音格，而"かぃめん"四音格到汉语中则成了两音格"海绵"。

　　聪敏的日本诗人并没有被日本文字与汉字之间的渊源关系以及那几千个当用汉字所迷惑，在语言（音）与文字（义）两者必居其一的对称要求逼迫下，他们义无反顾地选择了以"音"为准而不是以"义"为准的道路。从上两例中可以看出，划分俳句或和歌的诗节，不是文字和意义而是音格。这一点使它的特征更接近于印欧语系的诗律而与汉诗格律拉开了距离，尽管实际上日本字母与汉字无论就形态还是单音节元素都有着不可枚举的承启关系。此外，和歌与俳句一般都不押韵，只分音节以成回环之势如五七五七七之类。我想这应该与它的发音沿袭单音节有关，它既要用几个音来组成一个词，每个音又被规定得很死板（这正是单音节语言的特征）；如果还要在每音节用韵，实在是不堪负担的超重负荷。在用韵方面，倒是印欧语系语音的复合特征更占优势。当然，和歌与俳句都是短诗，不像西方叙事诗一写就是几百行，它没有行的完整概念，似乎也不那么具有押韵活动的余地。单音节的固定不变与诗行的短小使韵很难生存。

　　对日本和歌俳句的回顾使我们更有理由相信它在格律方面更具有西方色彩。这显然是因为它们都属于表音文字，日本假名虽然也类似于方块汉字，但它的性质仍是表

---

(1) 转引自《日本和歌史》第1页。

音而不是表意这一情况与目前的西方意象派诗很相近，它们都只能做到意象上的完美构筑而无法同时做到音节上也有相对的构筑。当然，就日本和歌俳句而言，近两千年接受中国文明直接熏陶（当然包括中国古典律诗的熏陶），使日本诗在意象产生和构型方面具有更高的灵敏度，它没有西方的叙事史诗近千年的传统，它的传统其实质即是中国诗的传统。因此尽管在形式上它不得不屈服于语言的限制，但在内容构合上却完全可以更向中国诗的意象靠拢，体现出意象浓度与厚度。统观古代和歌与后来的俳句，莫不形象鲜明，画面感极强，具有浓郁的中国诗的"赋""比""兴"的技巧运用痕迹。

语言基点是靠近西方的，文化传统是立足东方的，这就是日本诗的矛盾。他们成功地处理了这种矛盾，把自己从绝境中解脱出来了。

最后一个问题是意象派与和歌的关系及原因分析。众所周知，意象派自身是从法国象征主义中崛起的，而它的得以成功是因为它首先获得了日本诗的启迪。远在庞德还未对汉字进行象形文字式的"拆字"尝试之前，法国象征主义诗坛就对日本和歌俳句倍加注目。意象派即从此而出，它之与日本诗有过密切联系是顺理成章的。意象派诗坛"七君子"之一爱米·罗厄尔根据日本"浮世绘"的意义把自己的诗集取名为《飘浮世界的图画》，而弗来契的诗集则明确点出：《日本版画》[1]，正是说明了这种渊源关系。当然，应该说日本的和歌俳句只是为它打开了一条通往意象宝藏的通道，而真正帮助它探得真珠的，还是中国的格律诗与汉字。

仅仅把意象派诗与日本诗的关系总结为历史性的原因，看作是法国文坛的日本热为意象派所提供的方便，这显然是很不够的。更重要的原因是在于它们之间在本体上的异曲同工。都对标音文字的限制徒唤奈何；都不甘于沉沦而试图奋起；都以音节为诗存在的基本格律形态而放弃行式、韵脚的整体；都重视或希望重视形象在诗歌中的主导地位；都要求精炼而反对疲沓；最后，都是标音文字的基本特征——这一切使日本俳句和歌理所当然成为意象派诗歌的最理想范式。如果说意象派诗歌也曾直接把目标对准中国古典诗，那么我们不妨说：它从和歌、俳句中汲取的是形式结构方面的格式，而从中国诗中汲取的是意象内容方面的精粹。相对于意象派所面对的西方诗坛而言，日本诗化了的创作尝试比"脱节"的中国诗化了的创作尝试更易获得成功，没有前者

（1）"浮世绘"即是早期日本版画。

的先导，后者是不可想象的。其理由很简单，因为它面对着的是一个英语世界，这个世界的语言规范对日本式的意象尝试比较有可能适应，而对中国式的"脱节"却很难会心以远。用接受美学的立场来说，这就是"接受屏幕"的规定性早已决定了两种尝试的优劣得失结论了。

格律规定的目的即在于构型，我们的讨论揭示出一条深刻的道理。格律存在并不是一种抽象形式的存在，它的呈什么形态完全取决于语言与文字的关系存在。而这也正是诗的意象结构赖以生发的"物质"起点。在"空间诗学"的构想中，它作为证据的重要性绝不亚于内容的重要性，对英语诗、日语诗和汉语诗的交叉比较已经有效地证明了这一点。

第五章　诗的造型表现——抽样分析

诗产生的是它自己的完整世界，正如绘画产生的那种空间连续一样。

——苏珊·朗格[1]

既然格律并非是一种抽象的存在，那么意象空间当然更不是抽象存在了。我们反复强调过意象空间作为内形式所具有的形式一端的显著性格。这种性格的被确立，标志着空间诗学的具体性不再是一种"具象"——诸如风花雪月或铜琶铁琶的题材内容的具象，而是一种组织构架的具体。因此，我们把意象构型看作是一种空间形态而非对象形态。前者具有明显的结构感，而后者给我们更多的则是形象感。

结构感与形象感之间的区别，颇类于中国绘画与书法之间的差异。尽管中国画相对于西方古典主义油画而言已经具有浓郁的抽象因素，但它既仍努力写生造型，它给观众的第一印象仍然是鲜明的形象，画石头不能被误看为钟馗，画荷花也不能被误指为牡丹。构架并非没有，它是被隐含在形象表层之内而不太引起注意的（当然在中国画诸形式中这种程度还有差异）。书法艺术所表现的则是一种纯粹的构架——以视的汉字为媒介的构架的呈现。它不要像什么，它只需要表示一种秩序、稳定、比例、平衡、对称等等审美内容。这种内容用可视的形式出之，显然是颇具理性色彩的。

---

[1]〔美〕苏珊·朗格《艺术问题》第155页。

视觉艺术的不反映视觉具象，除了书法以外更有如西方抽象绘画一类。但相对而言，抽象绘画反叛古典西方油画的视觉立场，把抽象当作唯一的目标，这样它就在取缔具象表现的同时也大大削弱了结构的丰富性，它满足于仅仅表示一瞬间的心态记录，或强求黑白对比的意蕴，但它无法像书法那样稳定地保持结构的多层次和多格局，而不得不流于涣散、零乱、偶然式的非结构形态。如果把古典具象绘画作为形象一极；把西方抽象派绘画作为抽象一极；那么中国书法（包括写意绘画）则处于它们的中端。相对而言书法的纯粹中端性格更不言而喻——它可以说是以结构为起点，不求具象但又有严整的结构秩序。

空间诗学对组织构架的立论即受到书法的启迪。因此它在实证环境中也希望能以书法式的空间意识的语汇来进行自我验证。可惜的是书法至今关于视觉心理方面的理论成果太少，而西方美术中却颇多同类型的研究。因此我们结合两者的思想方法和分析手段，对诗的造型问题做一较详细的剖析。当然，书法视觉心理成果事实上也必然与绘画有千丝万缕的瓜葛，故也没有必要在书与画之间自划鸿沟。形式构成原理是一切视觉艺术训练的基础知识。它也可以作为书法与绘画的共同结晶为空间诗学提供有力的支持。

鉴于意象组合是中国格律诗词的老传统，而西方只是在 21 世纪以来才对它加以注意，尚未形成一整套法则性的体系，我们在做抽样分析时多用律诗与词作对象而较少涉及西方诗，中国新诗虽然在表面上逐渐使空间意识从严整走向散漫化，但由于它所使用的仍然是方块汉字——具有可视性，故我们也尽量引入分析。[1]

一、线条

1.［直线型］

公无渡河，公竟渡河！堕河而死，将奈公何！

——古乐府《箜篌引》

---

[1] 本章作为例诗的各首作品，均出自《全唐诗》《全宋词》《全元散曲》以及其他诗集，为避累赘，不再一一注明出处。为了不使这一做法带来不便，我尽量引用诗词名句以方便查阅，亦可证明例证自身的典型性。

元来尘世，放著稀奇事。行到路穷时，果别有、真山真水。登临任意，随步白云生，三秀草，九花藤，满袖琼瑶蕊。

——宋朱敦儒《蓦山溪》上阕

老鹰在他头顶上说："好孩子！我要把戏给你看：我来在天顶上打个大圈子。"

——刘半农《牧羊儿的悲哀》

[例证分析]直线型的诗是最平白如话，最不具有构架特征的。但它的优点是在于思绪流畅、了无窒碍，给读者以一种明快的线条感。在把握这一格式时，应该着重注意它的两个不同于叙事史诗的特征：①它不陷于琐碎的细节刻画，而是一任自然，因此意象有叙述但不做停顿，线条在语言间穿插仍然体现出一定的结构意识。②它在展开时一般不作反面文章，意象的行进是同一种气氛和同一种价值判断取向。在诗词中，古风是最擅于此道的。新诗在最初的尝试中也不脱此窠臼。至于律诗与词，由于对偶习惯而较少能做到这一点。

2. [曲线型]

秦王扫六合，虎视何雄哉！
挥剑决浮云，诸侯尽西来。
明断自天启，大略驾群才。
收兵铸金人，函谷正东开。
铭功会稽岭，骋望琅邪台。
刑徒七十万，起土骊山隈。
尚采不死药，茫然使心哀。
连弩射海鱼，长鲸正崔嵬。
额鼻象五岳，扬波喷云雷。
鬐鬣蔽青天，何由睹蓬莱。

徐市载秦女，楼船几时回？
　　但见三泉下，金棺葬寒灰。

　　　　　　　　　　　——唐李白《古风》之三

　　月黑雁飞高，单于夜遁逃。
　　欲将轻骑逐，大雪满弓刀。

　　　　　　　　　　　——唐卢纶《塞下曲》之三

[例证分析]曲线型特征基本同直线型，它们都是叙述性较强的体裁，而且都在表层形象内面有一个较隐晦的思维线索贯串始终。曲线型的独特处是在于前后意象在意义上取相反值，构成一个并不对位、但从属于同一思维线条的变化点。如李白《古风》长篇，前半段评价秦始皇雄才大略，建立不朽业绩，后半段则批评他迷溺神仙方术，渐致昏聩，两个相反的意象被统一展开在思想之链上，它们仍然是同一平面的、线形的。卢纶《塞下曲》也是在叙述时以思维之线为基础而作了某些意象转换。从"单于"之逃到"大雪"映刀是一个具有因果潜在关系的曲线相异值对比，它们同处在一个思维平面上。相对而言，曲线型结构也是古风比较擅长的。

3.[平行对称]

　　吴山青，越山青，两岸青山相送迎，谁知离别情？　君泪盈，妾泪盈，罗带同心结未成，江头潮已平。

　　　　　　　　　　　——宋林逋《长相思》

　　丞相祠堂何处寻，锦官城外柏森森。
　　映阶碧草自春色，隔叶黄鹂空好音。
　　三顾频烦天下计，两朝开济老臣心。
　　出师未捷身先死，长使英雄泪满襟。

　　　　　　　　　　　——唐杜甫《蜀相》

　　张良辞汉全身计，范蠡归湖远害机。乐山乐水总相宜，君细推，今古几人知!

——元白朴《[中吕]·阳春曲·知机》

[例证分析]对称是格律诗中最常见的结构类型,在前几章中已有论及。林逋的词是以两大片为平行对称,把两座山的相送迎作为一组意象,又把"君""妾"两人相对也作为一组意象,前喻景后述情,每组意象自有两个对比而两组意象又成对称。杜甫的诗中间二联有明确对仗,一眼即可窥出,是两两相对的对称句式与对称意象。所有律诗都必须服从这个规定。白朴的元曲则在起首用两句平行的历史人物典故做对比,喻体性质相同可成对称,列成两个对句又成形式上的对称,也是在格律诗中常可看到的一种方式。这类对称本书已多论及,不再赘述。

4.[跳跃对称]

南风之薰兮,可以解吾民之愠兮,南风之时兮,可以阜吾民之财兮。

——《南风歌》

郑公粉绘随长夜,曹霸丹青已白头,
天下何曾有山水,人间不解重骅骝。

——唐杜甫《存殁口号二首》之一

嗟君此别意如何,驻马衔环问谪居。
巫峡啼猿数行泪,衡阳归雁几封书。
青枫江山秋帆远,白帝城边古木疏。
圣代即今多雨露,暂时分手莫踌躇。

——唐高适《送李少府贬峡中王少府贬长沙》

[例证分析]如果说平行对称是直线流畅的方式,跳跃对称则是间隔性较强、以空白点交隔而成的一种对称方式。首先,是形式上的对称。如古诗《南风歌》是以第一句对第三句,第二句对第四句,每一组对称都跨越了一个间隔。但在古诗中,文章

（即意象）仍然是连贯的，因此它是个比较初步的阶段。杜甫诗以郑公、曹霸做对比，"天下何曾有山水"句对第一句，"人间不解重骅骝"句对第二句，也是隔句相对，这种技巧已关乎意象组合。高适诗同时赋送二人，一贬长沙一贬峡中，在一首律诗寥寥五十六字是很难照顾周全的，于是他也用隔句作对的方法，第三句"巫峡啼猿"写峡中景，第四句"衡阳归雁"写长沙景，第五句"青枫江山"又写长沙景，第六句"白帝城边"又写峡中景，意象组合的循环方式是"峡中——长沙"，"长沙——峡中"，再把每一景所标示的人物对应上去，则是"送李——送王"，"送王——送李"的写送人结构，这也正是一种成功的隔句相对。意象的对称是在纵轴线上前后展开，而不是如平行对称那样在横轴线上展开。当然，纵轴线上的前后对称在律诗中也极多见。比如杜甫的"既从巴峡穿巫峡，便下襄阳向洛阳"即是前后对称，但它只是一般的流水对，没有跳跃间隔的特征，因此它与我们所注目的课题还有些许不同。应该说，与平行对称相比，跳跃对称的意象构筑性更强，如同我们已经研究过的雅各布森的论断所述那样："诗性功能把对等原则从选择轴引申到组合轴。"在他的组合轴中，已经包括了平行对称与跳跃对称这样两种方式，但在两者相比之下，则跳跃对称更具有直接的组合轴性能。

二、色彩

5.［浓敷］

　　过春社了，度帘幕中间，去年尘冷。差池欲住，试入旧巢相并。还相雕梁藻井，又软语商量不定。飘然快拂花梢，翠羽分开红影。　芳径，芹泥雨润，爱贴地争飞，竞夸轻俊。红楼归晚，看足柳昏花暝，应自栖香正稳，便忘了天涯芳信。愁损翠黛双蛾，日日画栏独凭。

——宋史达祖《双双燕》

　　红蓼花繁，黄芦叶乱，夜深玉露初零，霁天空阔，云淡楚江清。独棹孤篷小艇，悠悠过、烟渚沙汀。金钩细，丝纶慢卷，牵动一潭星。　时时，横短笛，清风皓月，相与忘形。任人笑生涯，泛梗飘萍。饮罢不妨醉卧，尘劳事、有耳谁听？江风静，日高未起，枕上酒微醒。

碧水惊秋，黄云凝暮，败叶零乱空阶。洞房人静，斜月照徘徊。又是重阳近也，几处处、砧杵声催。西窗下，风摇翠竹，疑是故人来。　伤怀，增怅望，新欢易失，往事难猜。问篱边黄菊，知为谁开？漫道愁须殢酒，酒未醒、愁已先回。凭栏久，金波渐转，白露点苍苔。

——宋秦观《满庭芳》两首

在绵密的树荫下，
有流水，有白石的桥，
桥洞下早来了黑夜，
流水里有星在闪耀。

——徐志摩《车眺》

[例证分析] 色彩的浓敷主要表现在各种不同色的交互作用。在上引各种例诗中，有直接点出色彩的，如史达祖词的"翠羽""红影""红楼""翠黛"；秦观的"红蓼""黄芦""玉露""金钩""皓月""碧水""黄云""黄菊""金波""白露"等；徐志摩诗的"白石桥""黑夜"等等。也有间接提示色彩的，如史词的"雕梁藻井""柳昏花暝""画栏""旧巢""归晚"；秦词的"云淡楚江清""一潭星""败叶""斜月"；徐诗的"绵密树荫""流水""星在闪耀"。如果把这明指暗示两个系列的色彩都具体化，那么我们的视觉映屏上会出现非常华丽斑斓、五光十色的九色锦效果。按色彩学的观点，重叠的不同颜色并列在视觉上不只呈现出相加的效果而是一种互相作用的复合效果。如是，则上述种种色彩间的互相混合足以令人目眩。鉴于各种色彩都不是单纯地做对比，而是黏附在各自的意象形象上完成构筑，因此这是一种意象色彩之间的构型——次于意象空间的一个子系统：意象色彩空间的构型，虽然范围有大小，但构型原则完全相同。

6.[淡施]

敕勒川，阴山下。天似穹庐，笼盖四野。天苍苍，地茫茫，风吹草低见牛羊。

——《敕勒歌》

燕雁无心,太湖西畔随云去。数峰清苦,商略黄昏雨。　　第四桥边,拟共天随住。今何许?凭栏怀古,残柳参差舞。

——宋姜夔《点绛唇》

现在我可以做梦了吗?

雪地。大森林

古老的风铃和斜塔,

我可以要一株真正的圣诞树吗

上面挂满

溜冰鞋、神笛和童话,

焰火、喷泉般炫耀欢乐

我可以大笑着在街上奔跑吗

——舒婷《会唱歌的鸢尾花》之二

[例证分析] 色彩的淡施并非是不要色彩,而是使变化的色彩被笼罩在淡淡的基调中,隐约有五彩但不华美。《敕勒歌》中的"风吹草低见牛羊"本来是十分有色彩感的,草碧羊白,是一种鲜明的对比;但对比一旦被置于极广阔的天地之中并被赋予"苍苍茫茫"的浩瀚之中,对比的鲜度立即削弱,而呈现出较灰沉的苍凉基调。姜夔词之有碧"柳"有画"栏",又有绿"湖"、有白"云",本来也可以有极华美的色调,但被"黄昏雨"隔上一层纱幕,又被施上清苦的情绪气氛,色彩明度遭封覆盖,浓彩变成了素白。舒婷诗有着非常欢乐的基调,圣诞树的华丽灿烂,焰火与喷泉的炫耀,还有大笑奔跑,但这一切意象都被置于一个梦境中,则色彩丝毫也不见强烈动人之处。诚如她自己在诗前题记所写的那样:"我的忧伤因为你的照耀,升起一圈淡淡的光轮。"[1] 光轮是很淡的不璀璨的,因为它的基调是"忧伤"。如果说《敕勒歌》的淡施是一种气度恢宏、雄强剽悍的淡色调,那么姜夔词的淡施则是文士的呻吟,而舒婷诗的淡施还是儿童的朦胧心绪,

---

(1) 舒婷《会唱歌的鸢尾花》题记,《探索诗集》,上海文艺出版社版,第211页。

这三种色彩虽同属淡，但由于色彩所依附的意象性格不同，其情绪效应也完全相异。

7. [装饰]

积雨空林烟火迟，蒸藜炊黍饷东菑。
漠漠水田飞白鹭，阴阴夏木啭黄鹂，
山中习静观朝槿，松下清斋折露葵。
野老与人争席罢，海鸥何事更相疑。

——唐王维《积雨辋川庄作》

风消绛蜡，露浥红莲，灯市光相射。桂花流瓦，纤云散、耿耿素娥欲下。衣裳淡雅，看楚女纤腰一把。箫鼓喧，人影参差，满路飘香麝。

——宋周邦彦《解语花》上阕

吹笛秋山风月清，谁家巧作断肠声。
风飘律吕相和切，月傍关山几处明。
胡骑中宵堪北走，武陵一曲想南征。
故园杨柳今摇落，何得愁中却尽生？

——唐杜甫《吹笛》

[例证分析] 上引三首分别代表了三种不同的色彩装饰技巧。王维诗的"漠漠水田"一联，后人误传为王维袭用李嘉祐原句，把"水田飞白鹭""夏木啭黄鹂"句前各加"漠漠""阴阴"两叠字。但李嘉祐生中唐，在王维后，且嘉祐集中无此诗，故系误会。但这个误会于我们却颇有价值：水田之"绿"飞白鹭之"白"，夏木之"青"啭黄鹂之"黄"，色彩本极鲜明，一加上"漠漠""阴阴"两叠字，则益虚益深，为原有的固有色加上了一个条件色，相对于五言诗而言即是有了个很成功的装饰，这是第一类。周邦彦词中写月色以"桂花"代之。一以月中植桂，二则桂之黄花有如月色之金辉，在色彩上能呼应，故而这是一种重叠的色彩装饰。诗词多用代字的风气极浓。至南宋末如吴梦窗则称此中擅手，沈义父《乐府指迷》还专门有过总结："如说桃不可直说破'桃'，须用'红

雨''刘郎'等字；说柳不可直说破'柳'，须用'章台''灞岸'等字。"如是则代字字面上的色彩暗示与本意的色彩标志之间更能构成装饰的重叠效果，这是第二类。杜甫诗从吹笛联想到如此多的意象并给予了如此丰富的色彩感，但这都是一种"兴"，其实前六句均非实指，只有最后两句"故园杨柳"是自抒，因此前述的风清月明的色彩皆是作为虚拟意象来装饰"故园情"这个实指，这是一种以虚代实的装饰，属于第三类。三种装饰都不是字面上作为实指的色彩，相对于本体色彩而言，它们都是一种外在的媒介而不是目标。这是我们在理解色彩装饰之时应当把握的着重点。

三、肌理与质感

8.[厚与薄]

霜落荆门江树空，布帆无恙挂秋风。
此行不为鲈鱼脍，自爱名山入剡中。

——唐李白《秋下荆门》

锦瑟无端五十弦，一弦一柱思华年。
庄生晓梦迷蝴蝶，望帝春心托杜鹃。
沧海月明珠有泪，蓝田日暖玉生烟。
此情可待成追忆，只是当时已惘然。

——唐李商隐《锦瑟》

水是眼波横，山是眉峰聚。欲问行人去那边？眉眼盈盈处。　才始送春归，又送君归去。若到江南赶上春，千万和春住。

——宋王观《卜算子》

绣幄鸳鸯柱，红情密，腻云低护秦树。芳根兼倚，花梢钿合，锦屏人妒。东风睡足交枝，正梦枕、瑶钗燕股。障滟蜡、满照欢丛，嫠蟾冷落羞度。
人间万感幽单，华清惯浴，春盎风露。连鬟并暖，同心共结，向承恩处。

凭谁为歌长恨？暗殿锁、秋灯夜语。叙旧期、不负春盟，红朝翠暮。

——宋吴文英《宴清都》

[例证分析] 诗词的意象组合有疏密薄厚之感，意象密者见厚，疏者见薄。上引诗、词各一组。唐诗组重在比较典故安置的薄与厚，李白绝句仅四句而用两典，"布帆无恙"用大画家顾恺之东归写信语，是一个著名的典故。"鲈鱼"句用晋朝张翰莼鲈之思典故，其格式是每句一典，但由于典是被插在叙述语句中娓娓道出，读此诗即使不知这两个典也能感觉诗之优美。因此，典故是被稀释后活用在语句中，并不构成字面与典故的互相僭越。李商隐诗则相反，虽然颔联、颈联用四典，也是一句一典，但每一典成独立的构架而并不依附于诗本身，在字面上的流畅、切割感和跳跃感十分明显，故而这是一种较浓较厚的质感。两相比较，前者淡后者浓，前者薄后者厚，一目了然。宋词组则重在字面上的描绘节奏：王观词绘景以流畅语出之，排比感不强线条意识却很浓，吴文英词却极尽铺排之能事。我们只要把王观的"眉眼盈盈处"和吴文英的"腻云低护秦树"从句法、字序及修辞上做一比较，这种清淡和浓腻的差别是一目了然的。世人喜北宋小令以为轻快流畅、平白可爱，而指吴文英一路词是"七宝楼台""碎拆下来不成片段"，正是指出两者间的肌理感觉不同。前者是淡薄清畅，后者却浓得化不开。当然，薄未必是浅薄，李白上例的薄却很有两层含义——是一种在漫不经心中见出的复线效果。厚，也未必一定要浓得化不开。相对而言，意象组接的距离缩短密度加强，的确可以有更多层的含义展现，关键是看如何运用而已。

9. [频闪]

青青河畔草，郁郁园中柳。

盈盈楼上女，皎皎当窗牖。

娥娥红粉妆，纤纤出素手。

昔为倡家女，今为荡子妇。

荡子行不归，空床难独守。

——《古诗十九首》之二

寒蝉凄切，对长亭晚，骤雨初歇。都门帐饮无绪，留恋处，兰舟催发。执手相看泪眼，竟无语凝噎。念去去、千里烟波，暮霭沉沉楚天阔。
多情自古伤离别，更那堪冷落清秋节！今宵酒醒何处？杨柳岸晓风残月。此去经年，应是良辰好景虚设。便纵有千种风情，更与何人说？

——宋柳永《雨霖铃》

寻寻觅觅，冷冷清清，凄凄惨惨戚戚。乍暖还寒时候，最难将息。三杯两盏淡酒，怎敌他、晚来风急？雁过也，正伤心，却是旧时相识。
满地黄花堆积，憔悴损，如今有谁堪摘？守着窗儿，独自怎生得黑？梧桐更兼细雨，到黄昏、点点滴滴。这次第，怎一个愁字了得？

——宋李清照《声声慢》

风止而吟，
风起而啸，
东方之月，浑浑然，不染一尘
这赤裸的大魂，
永是东方之魂。

——李钢《东方之月》

[例证分析] 最简单的频闪是叠字与双声技巧。一闪意象一闪声象。"青青河畔草"一诗，草是青的，再叠一个"青"字，则产生一种铺排感和推及感，似乎草之青在闪烁跳跃，在伸延。"郁郁"叠字则益显其绿荫之美。"盈盈""纤纤"都是形容柔软纤细，一有叠字则更有加倍深刻之印象。这是第一种较简单的意象频闪。柳永辞赋送别，"念去去千里烟波"，叠一"去"字则真让人有步步远去之感，对于渲染"执手相看泪眼"的情人而言，"去""去"的递远是个极鲜明的映照：就这么一步步地离我而去了。"暮霭沉沉"之"沉"字叠，则形容送别人心里沉重随着去去的一步步也逐渐下沉，这是一种量的积累而导致的渲染效果。李清照《声声慢》人皆赏其敢用七对叠字，但我感觉作为频闪，它们韵效果并非最佳，倒是下片"梧桐更兼细雨，到黄昏，点点滴滴"，

既拟态又拟声,点滴的叠字更增添了愁绪无从打发的心绪,作为意象频闪是极为成功的。如果说开首十四字只是一种字面技巧,那么后面点点滴滴四字却完全是意象结构使然。同是重叠频闪,两者所处层次是不一样的。李钢的诗不以叠字为技巧,而是用两组句式作频闪:前两句是"风"的意象频闪,后两句是"魂"的意象频闪。在五行诗中造成一种前二组后二组的频闪的回护,在新诗中也极有特色。总之,频闪是一种间隔的重复映现,有时只表现为字面的修辞格,有时表现为整诗的环护结构,有时则表现为意象的深层叠加,在上述中以柳永的"去去""沉沉"与李清照的"点点滴滴"的频闪为最引人入胜。它的成功即在于它已超越了一般的叠字而上升到意象频闪的肌理构成的高度。

10. [触觉感]

　　　　虚蕉诚易犯,危藤复将啮。
　　　　一随柯已微,当年信长诀。
　　　　已同白驹去,复类红花热。
　　　　妍容一旦罢,孤灯行自设。
　　　　　　　　——梁庾肩吾《八关斋夜赋四城门更作四首·南城门老》

　　　　大弦嘈嘈如急雨,小弦切切如私语。
　　　　嘈嘈切切错杂弹,大珠小珠落玉盘。
　　　　　　　　——唐白居易《琵琶行》(节录)

　　　　柳边深院,燕语明如剪。
　　　　消息无凭听又懒,隔断画屏双扇。
　　　　　　　　——宋卢祖皋《清平乐》(节录)

　　　　遍青山,题红了杜鹃,荼蘼外烟丝醉软。牡丹虽好,他春归怎占的先,闲凝眄,生生燕语明如剪,呖呖莺歌溜的圆。
　　　　　　　　——元《牡丹亭》第五出《惊梦》

[例证分析] 意象的肌理与质感除了粗细厚薄与频闪间隔之外，落实到意象个体本身，则仍有个触觉效果问题。当然，像青山红花、柳边深院这种意象本身是具有质感信息的。诗词的成功即在于它能把并非具有触觉功能的意象与触觉之间在感觉上联起来，造成一种明暗交替的触觉连缀，并在其中表现出一种独特的质感来。庾肩吾诗以红花而能"热"，是由红色为暖色而起的意象转换，与"孤灯""长信诀"的落寞感做对比。白居易诗以琵琶之声拟之珠落玉盘也是从听觉中于人以可触摸的拟象。卢祖皋词将燕语之声细喻为剪，可谓别出心裁，亦见出从声到形可供触觉的转换痕迹。至若《牡丹亭》在"燕语明如剪"之下再加一个"呖呖莺歌溜的圆"，赋声以圆形，更令人感觉神采迭出。是一种复合的触觉意象，细尖如剪，圆润如溜，将燕声形容得玲珑剔透。空间结构的意象组合对于形象有先天的敏感，以声喻声与以形喻声，后者总是更先获得宠爱。所谓的肌理与质感之说，本身也即是立足空间这个最基本的起点，故而我们对这种独特的处理方式特别注意。在钱钟书先生《通感》一文中，他是把这种现象归为视听之间的沟通。我们已经有了空间诗学的立场，因此我们更希望这种沟通最后能归结为视觉空间的意象效果。

四、透视

11. [焦点方位]

  王濬楼船下益州，金陵王气黯然收。
  千寻铁锁沉江底，一片降幡出石头。
  人世几回伤往事，山形依旧枕寒流。
  今逢四海为家日，故垒萧萧芦荻秋。

——唐刘禹锡《西塞山怀古》

  帘外雨潺潺，春意阑珊。罗衾不耐五更寒，梦里不知身是客，一晌贪欢。
  独自莫凭栏，无限江山。别时容易见时难，流水落花春去也，天上人间。

——五代李煜《浪淘沙》

群芳过后西湖好，狼藉残红，飞絮濛濛，垂柳栏杆尽日风。　　笙歌散尽游人去，始觉春空，垂下帘栊，双燕归来细雨中。

——宋欧阳修《采桑子》

[例证分析] 绘画中的焦点透视和中国画特有的散点透视[1]是完全不同的两种空间构筑类型。前者定点定视，有一个固定的审视范围并具有固定的视角，后者则时时变动视点，在运动中剪接不同视角所得的视觉印象，使之合为一个完整的、在总体视觉范围之内的意象的大致形象基调。本组例证代表了二种性质相近但手法稍有不同的焦点构型方式。刘禹锡诗所运用的构型，是通过"楼船下金陵""千寻铁锁""一片降幡""山形""故垒""芦荻"等不同意象来达到他的怀古抒情的。这些意象当然完全具有组合感，因为它们不能在一个瞬间中被视觉直接获得，但它们可以在一个具体不变的焦点立场上通过仰视和鸟瞰来构成一种完整的画面。从大江到山形到故垒……都可以通过环视获得。李煜词的"雨潺潺""罗衾""五更""凭栏""流水落花"等意象虽是构筑而成，但也同样可以由一个观察者眼中环顾而得。至于欧阳修词的构型，则是一种环顾中兼有线型发展的特点；先看过群芳过后的西湖，看到湖上的飞絮残红，又看到西湖边上的垂柳栏杆和煦风。再看到笙歌尽游人散、觉得春将尽而放下帘子，再看到在蒙蒙细雨中有一双燕子归巢，觉得终能在寂寞中找到一些安慰。不同的上述意象在西湖这个规定的起点上逐渐生发出来，其间带有明显的前后顺序，有群芳过"后"，又有"始"觉春空。有时还以意象暗示之，如群芳争竞的春光是略写，通过"狼藉残红"来从反面暗示。总之，虽然这些意象都是在构筑中被排置起来，但它们被观察（描述）而得的原因皆是因为视点的自身确定。刘禹锡与李煜式的焦点透视有如一个观者站在一个点上进行俯、仰、环视，而欧阳修式的焦点透视则有如观者置身于时间长河的航船上，边行边看，所获得的意象虽未必定点而能全部得到，但基本也限制在一个线的轨道上发生发展，观察仍然有相对的内聚点。

（1）严格地说，"散点透视"这个提法不太科学，此处为说明问题，姑且借用之。

12. [散点方位]

中央共牧后何怒？
蜂蛾微命力何固？
惊女采薇鹿何祐？
北至回水萃何喜？
兄有噬犬弟何欲？
易之以百两卒无禄！

——屈原《天问》

鸾翔凤翥众仙下，珊瑚碧树交枝柯。
金绳铁索锁钮壮，古鼎跃水龙腾梭。
陋儒编诗不收入，二雅褊迫无委蛇。
孔子西行不到秦，掎摭星宿遗羲娥。

——唐韩愈《石鼓歌》（节录）

章台路，还见褪粉梅梢，试花桃树。愔愔坊曲人家，定巢燕子，归来旧处。黯凝伫，因念个人痴小，乍窥门户。侵晨浅约宫黄，障风映袖，盈盈笑语。

前度刘郎重到，访邻寻里，同时歌舞。惟有旧家秋娘，声价如故。吟笺赋笔，犹记燕台句。知谁伴、名园露饮，东城闲步？事与孤鸿去，探春尽是，伤离意绪。官柳低金缕。归骑晚，纤纤池塘飞雨。断肠院落，一帘风絮。

——宋周邦彦《瑞龙吟》

[例证分析] 散点透视重在表现一种意象的切割和片段的安置。视点并不集中在某一点，视角也经常在变换。亦即如我们在中国画中常用的面面观、步步看的观察方法。屈原《天问》被专家们普遍认为是缺乏次序与层次，乃至要让屈原研究专家们对这一百八十八句进行严密的内容侧重分析，亦可见其意象跳跃幅度之巨与意象视点转换之大，上例的六句虽都是针对秦国的兴衰史而发，但六个询问的意象构筑并没有固

定的构点。女修与非子作为秦民族历史人物不具有承接的逻辑关系，诗人也没有赋予它们在一定逻辑结构中发生联系的意图。至于以蜂蛾的形象喻当时弱小的秦民族，更是颇有突兀之感。韩愈《石鼓歌》中的鸾凤、珊瑚、金绳铁索、古鼎蛟龙乃至孔子的意象，更是毫无关联的孤立意象。倘若没有作者面面观式地赋予对象以这些个别的意象并予以组合，我们本来是想象不到这些意象与对象之间，这些意象自身之间会有什么必然关系的。从意象角度看，这正是一种散点式的构筑方式。周邦彦词"章台""梅梢""桃树""燕子""痴小""笑语""秋娘""吟笺赋笔""孤鸿"等各类意象，站在一个固定视点上无论如何俯察仰观、凝视环顾都无法同时捕捉到，只有在不同视点的移动——空间式的前后左右上下等视点的变幻中才有可能"步步看"到。我们不禁想起了五代《韩熙载夜宴图》、宋《千里江山图》《清明上河图》等绘画的构图格式，像屈原、韩愈、周邦彦诸例的意象构筑，与此在本质上是多么相近？像这种完全不同于"瞬间式"的连续空间构筑的方式，完全不是注目于某一个剖面的刻画与描述，而是通过联结各种独立的意象（通常它们互相间并没有逻辑关系）来构成一个"意象和弦"，形成形象的整体感和立体感。与焦点透视相比，焦点式是一种线条流动过程中的意象自然凸现，这种凸现与作者视点同步。散点式则是一种糅合，立足于空间各个侧面的意象糅合而成全词基调，这种种侧面的转换意味着形象所呈示的视点的转换。相对而言，散点式的构筑更具有空间感，当然，在时间流动中的空间通常而言应该更具有魅力，因而它的意象必然更明晰。

五、方向

13. ［过去与未来］

> 城上高楼接大荒，海天愁思正茫茫。
> 惊风乱飐芙蓉水，密雨斜侵薜荔墙。
> 岭树重遮千里目，江流曲似九回肠。
> 共来百越文身地，犹自音书滞一乡。
>
> ——唐柳宗元《登柳州城寄漳汀封连四州刺史》

梦想山阴游冶,深径碧桃花谢,曲水稳流觞,暖絮芳兰堪藉。潇洒、潇洒,月棹烟蓑东下。

　　莲叶初生南浦,两岸绿杨飞絮,向晚鲤鱼风,断送彩帆何处?凝伫、凝伫,楼外一江烟雨。

——宋贺铸《如梦令》二首

　　蜷曲着
　　一张古老的弓
　　被悠悠的漫长的时间
　　拉紧浑沌的日子,幽闭
　　而无边

——江河《太阳和他的反光·开天》

　　[例证分析] 意象构筑不仅仅是字面上的自我完整,如果意象本身具有张力,它必然会伸向不曾写出的未知层。以每一首诗的时间推移为始终,在意象之始前还有它的过去态,在意象之终还有它的未来态。字面上的意象构筑是一种有形的构筑,而它必然要与过去与未来的未知合为更大范围的无形的构筑。柳宗元诗是寄"漳""汀""封""连"四州,但他起句"城上高楼接大荒",大荒是比四州范围更大的空间,"海天愁思正茫茫"的茫茫之感又使四州之愁思与柳宗元被贬的愁思合为一个整体,因此,起首两句包合了许多柳宗元与他的朋友们在过去生涯中的生活内容,并为以后诗的具体写景提供了一个突兀而又神秘的开头。这是个对过去的伸延和对广阔无垠的伸延。贺铸两首小令都是在华美的意象基调("碧桃花""曲水流觞""暖絮""芳兰""莲叶""绿杨""彩帆")中笔锋一转,变出一幅苍茫虚淡的意象之景来,给人留下了顺势继续伸延的很大想象余地。这是一种向未来的意象伸延——由于突兀的意象基调中断而构成的伸延可能性:中断必然反作用于读者,从而产生本能的伸延。江河的诗则把过去与未来明确放在一个时间链上,古老的"悠悠"的意象描绘指向过去、"无边"则指向未知的未来。意象构筑如果具有超越格式自身的张力和伸延力,则它的空

间构筑力自然更强。并且还不只表现为静态的构筑完成，而是具有过去与未来的运动性格；这是一种最堪宝贵的性格。

14. [倾向性]

宣室求贤访逐臣，贾生才调更无伦。

可怜夜半虚前席，不问苍生问鬼神。

——唐李商隐《贾生》

君问归期未有期，巴山夜雨涨秋池。

何当共剪西窗烛，却话巴山夜雨时。

——唐李商隐《夜雨寄北》

登临送目，正故国晚秋，天气初肃。千里澄江似练，翠峰如簇。征帆去棹残阳里，背西风、酒旗斜矗。彩舟云淡，星河鹭起，画图难足。

念往昔，繁华竞逐。叹门外楼头，悲恨相续。千古凭高对此，谩嗟荣辱。六朝旧事随流水，但寒烟、衰草凝绿。至今商女，时时犹唱，后庭遗曲。

——宋王安石《桂枝香》

让她们（杏花——引者注）生长在各自的枝干上原不好吗？

何必让她们痛苦？

何必让她们绝望、孤独、饥渴、涕零？

妻说：你别管。

——昌耀《人·花与黑陶沙罐》（节录）

[例证分析] 意象构筑既能伸延，就有了个倾向性的问题。它在字面上会向哪个方向发展，其内涵本意又是否与字面保持协调或相反？作为空间结构研究就有必要加以讨论。顺向的发展是最平凡的发展，文字呈现本身就是个倾向的呈现，在技巧王国中，意象构筑的倾向性倒是常常表现为突变与逆接：即倾向的转换。李商隐《贾生》先提出汉

文帝求贤召回贾谊，本应讨论治国之道，未想到却与他大谈鬼神，这是一种本应正常发展而突成逆转的意象倾向。《夜雨寄北》则是先将意象伸延到将来，再以将来的设想回顾今天情景，也是一种时序上的逆接。王安石词以上片淋漓尽致地写出金陵繁华。像"画图难足"这样带有明显赞美色彩的词句，显然是很能代表上片的倾向基调的；到下片，则倾向为之一转，赞美变成了严厉的批评。这也即是一种倾向（它暗示着作者情绪）的转变。昌耀此诗则以三个接连的质问和叹惋来显示出感情取向，最后以"妻说：你别管"的一顿，把一泻无遗的倾向稍作一顿一留，留下了回味无尽的效果。字面上的倾向表示虽未必一定会变成意象组合的结构内容，但诗人们在创作时，由于感情上的突变而引起结构的连带变换，乃是正常的现象，因此它常常可以帮助我们去寻找意象结构的特征。像王安石词的变换感情倾向与变换意象结构倾向的同步，即是最典型的例证。

15. [交叉]

　　吾爱孟夫子，风流天下闻。
　　红颜弃轩冕，白首卧松云。
　　醉月频中圣，迷花不事君。
　　高山安可仰，徒此揖清芬。

　　　　　　　　——唐李白《赠孟浩然》

　　天涯旧报，独自凄凉人不问。欲月回肠，断尽金炉小篆香。　黛蛾长敛，任是春风吹不展。困倚危楼，过尽飞鸿字字愁。

　　　　　　　　——宋秦观《减字木兰花》

　　当水洼里破碎的夜晚
　　摇着一片新叶
　　像摇着自己的孩子睡去
　　当灯光串起雨滴
　　缀饰在你的肩头
　　闪着光，又滚落在地

> 你说，不
> 口气如此坚决
> 可微笑却泄露了你内心的秘密
>
> ——北岛《雨夜》

[例证分析]交叉的意象构成一种内向的自足结构，它不是散发式的，但它的内向构成了一种张力，预示着潜能的盈藏也许会爆发的一种力量的征兆。李白此诗用了二组对比意象，"红颜弃轩冕"，着力于孟浩然少时以清高自许；"白首卧松云"，着力于他老来隐迹山林，"醉月频中圣"写孟嗜酒，"迷花不事君"写孟留恋花草，构成老与少、酒与花的两个对比，然后再把这两组意象进行交叉，从少到老，重在"时"，纵线条；从酒到花，重在"态"，横截面。两组意象互相构成纵横交错的更大范围对比。"隐而不仕"是这个内向交叉结构的轴心。秦观词写愁以"天涯旧恨"囊括全部的愁苦回忆，是一个横断面上的意象，"小篆香断"又是一种纵线回旋的愁的意象呈现，横与纵构成对比，"黛娥长敛"是写美人愁颜，虽言其"长"但终是个瞬间静态形象，"过尽飞鸿"则写愁的动态意象。四个意象分别成为纵与横、静与动两组交叉关系，前者立足于空间构筑，后者则是时空交叉，可谓在愁的主题中做足了意象构筑的功夫。北岛诗用"摇着一片新叶"的"摇"，引出一种线型的动感，又用"灯光串起雨滴"引出一种点型的静感，但还不满足于这样的一对一式的交叉，又把雨滴这静态变成动态"又滚落在地"，则是连点成线，复归统一，当然它与摇着新叶的线型感仍有质的区别。因此，这是一种强调交叉但不机械的形象化的对比技巧，相对于自足的内向而言，它稍稍显出外拓的方向性来。

六、群化

16. [并列]

> 水流花谢两无情，送尽东风过楚城。
> 蝴蝶梦中家万里，子规枝上月三更。

故园书动经年绝，华发春唯满镜生。

自是不归归便得，五湖烟景有谁争。

——唐崔涂《春夕》

飞云冉冉蘅皋暮，彩笔新题断肠句，若问闲愁都几许？一川烟草，满城风絮，梅子黄时雨。

——宋贺铸《青玉案》（节录）

长发披我两眼之前

遂隔断了一切羞恶之疾视

与鲜血之急流，枯骨之沉睡……

——李金发《弃妇》（节录）

[例证分析] 意象并列有如电影中切出切入的蒙太奇手法。它是用各种不同的没有因果关系的意象做并列以加深加重对主题的发掘和深化。崔涂诗颔联"蝴蝶梦中家万里，子规枝上月三更"，一用庄生梦蝶事，一用杜鹃啼血典，上句点出思家，下句点出夕时，但这两组意象并没有什么逻辑承启关系，它们被放在一起完全是"非时序"的。它们并列地为春夕旅怀的主题服务。贺铸词后三句（"一川烟草"以下）为千古名句，但这三句并没有叙述上的前后关系。"满城风絮"与"梅子黄时雨"两组镜头不能同时出现，这是两个不能并存的形象。因此，三个意象只能并列地为闲愁服务；它们本身只在"愁"字上取得共同点，自身并无联系。但它们在并列地为"愁"的主题服务时并非是不分轻重的，有问"愁多少"，有答"一川烟草"（状多）、"满城风絮"（状密）"梅子黄时雨"（状数不清的淅沥之声），不但烟草、飞絮、梅雨三者本身的意象可以引动愁绪，也在"都几许"的程度上回答了提问，这样的并列效果在古来是很罕见的。贺铸善用此法，如《醉春风》下片结句"隋岸伤离、渭城怀远、一枝烟柳"，隋岸喻离，渭城状远，烟柳则写瘦，也是三组镜头在没有因果关系的情况下同时跃现，勾画出一个弱女子楚楚之情。李金发诗写弃妇，鲜血与枯骨这两个意象完全是孤立的不相关涉的。没有弃妇自叹困境的心理转移，从羞恶生发到鲜血枯骨的跳跃很难想象。一般读者没有弃妇的下意识的主

观情绪的流动,他们只能从字面的并列喻象中根据自己的经验去完成此间的跳跃。应该说,在中国格律诗中,这类成功的意象并列例子足可信手拈来许多,因为诗的格律在每句的独自性已决定了它完全可以构成自足的意象并成为各句之间进行并列的意象之元了。

17. [重叠]

  昵昵儿女语,恩怨相尔汝;
  划然变轩昂,勇士赴敌场。

        ——唐韩愈《听颖师弹琴歌》

  采薜荔兮水中,搴芙蓉兮木末。
  心不同兮媒劳,恩不甚兮轻绝。
  石濑兮浅浅,飞龙兮翩翩。
  交不忠兮怨长,期不信兮告余以不闲。

        ——屈原《九歌·湘君》(节录)

  翠钗分,银笺封泪,舞鞋从此生尘。住兰舟、载将离恨、转南浦、背西曛。记取明年,蔷薇谢后,佳期应未误行云。凤城远,楚梅香嫩,先寄一枝春。青门外,只凭芳草,寻访郎君。

        ——宋贺铸《绿头鸭》下阕

  [例证分析]诗中的重叠包括两种形式,一是从声律的重叠到意象的大致相叠;二是注重意象自身的重叠但遵循字面格式;三是抛弃字面对偶而直接指向意象重叠。韩愈诗是叠声,即我们常说的双声叠韵。"昵昵""儿""尔"及"女""语""汝""怨",或双声或叠韵,或两者兼之,读来轻柔和谐,不夹杂音,所以颇能传出小儿女喁喁私语的情致,至勇士赴敌场,声音也高昂起来,这是叠语的功能,它对意象构筑有铺垫妙用但不直接是意象内容。屈原诗每两句相叠,"薜荔""木末"也是双声叠韵之类,但在意象上也是两两相叠,"石濑"与"飞龙"这两个意象不构成因果关系,是作者有

意将它们重叠起来构成一个加深的意象群。在第二层次时，意象叠加稍近于前述的并列技巧。第三层是贺铸词，"翠钗分，银笺封泪，舞鞋从此生尘"。"封"字是提挈全意象的关键诗眼。信写好了，把它封毕要投寄，但封的不仅仅是信笺，还有自己的思念泪水。从封信笺（怀念心情的文字流露——第一意象）到封眼泪（怀念心情的形象流露——叠加意象），把一个女子对情人的思念表现得楚楚动人。此外，它在下句也得到映照："舞鞋生尘"的形象是可以与"封"的含义互相比发的。一字重叠三重意象而毫不屈从于字面对偶，这就把意象重叠运用到了巧夺造化的地步，怪不得贺铸在词集中屡用此字，如"粉碧罗笺，封泪寄与"（《拥鼻吟》）、"好付小笺封泪帖"（《木兰花》），对于它的重叠作用，作者本人显然颇为得意。以韩愈例诗为第一类，以屈原例诗为第二类，贺铸例词为第三类，我们完全有可能把意象的重叠与并列区别开来。重叠可以伸延和引发，并列则必须听命于字面排偶，这是两者的不同之处。

18. ［复合］

    花间一壶酒，独酌无相亲。
    举杯邀明月，对影成三人。
    月既不解饮，影徒随我身。
    暂伴月将影，行乐须及春。
    我歌月徘徊，我舞影凌乱。
    醒时同交欢，醉后各分散。
    永结无情游，相期邈云汉。

——唐李白《月下独酌》

    秦时明月汉时关，万里长征人未还。
    但使龙城飞将在，不教胡马度阴山。

——唐王昌龄《出塞》

    洞庭青草，近中秋、更无一点风色。玉鉴琼田三万顷，著我扁舟一叶。
    素月分辉，明河共影，表里俱澄澈。悠然心会，妙处难与君说。   应念岭表经年，孤光自照，肝胆皆冰雪。短鬓萧疏襟袖冷，稳泛沧溟空阔。尽挹西江，细斟北斗，万象为宾客。扣舷独啸，不知今夕何夕！

——宋张孝祥《念奴娇》

枯藤老树昏鸦，小桥流水人家，古道西风瘦马，夕阳西下，断肠人在天涯。

——元马致远《天净沙·秋思》

[例证分析]意象复合有别于并列与重叠，如果说前两者都倾向于在保持个体意象完整的前提下造成群化效果，复合则试图打破意象的个体界限。这种打破分为字面渗合、意象形态渗合和意象内涵渗合三类。王昌龄《出塞》诗起句"秦时明月汉时关"，明月未必属秦而关未必属汉，应该是秦汉时的明月和关隘才对，这即是一种字面意象的复合，将字面上分属秦汉的两个意象作一合并。我们常叫它"互文"。这类技巧在诗词中常见，如辛弃疾《鹧鸪天》"燕兵夜娖银胡䩮，汉箭朝飞金仆姑"，准备箭筒的未必只是金兵，射箭的也未必只是宋兵。这是一种互文式的复合。李白诗"举杯邀明月，对影成三人"，则是在意象呈现时明确点出意象是由一而三由三而一，这是意象内涵的复合效果。与此异曲同工的是张孝祥词："表里俱澄澈""万象为宾客"，是将事物的内、外，我（主体）、万象（客体）复合为一，也是令人拍案叫绝的好例。至于马致远的小令，是将四句的意象复合来衬垫最后的断肠人的主题，也是一种复合。相比之下，马致远式的复合较接近于重叠与并列，特色尚不明显。而李白、张孝祥式的复合是较高层次的复合，吻合语序的意象在横组合轴上的效果不变，但在纵组合轴上又有了新的复合（即主客化一、人我化一）结构，即使在漫长的诗词史中，这样成功的例子也是不多见的。

七、节奏

19. [反复]

澹然空水对斜晖，曲岛苍茫接翠微。

波上马嘶看棹去,柳边人歇待船归。

数丛沙草群鸥散,万顷江田一鹭飞。

谁解乘舟寻范蠡,五湖烟水独忘机。

——唐温庭筠《利州南渡》

纤云弄巧,飞星传恨,银汉迢迢暗度。金风玉露一相逢,便胜却人间无数。　　柔情似水,佳期如梦,忍顾鹊桥归路!两情若是久长时,又岂在朝朝暮暮。

——宋秦观《鹊桥仙》

一个老死流刑犯的地方
一个呼唤开发者的地方

一个使弱者望而却步的地方
一个向强者捧献高山雪莲的地方

一个过去与未来相会的地方
一个沉寂与喧哗交响的地方

一个在往事的废墟上悲歌往事的地方
一个在希望的基地上铸造希望的地方

青——海——呵!

——邵燕祥《青海四首》

[例证分析] 反复是格律诗词意象组合的基本规律。但它除了平仄相对,循环往复之外,还常常表现为正负意象之间的一起一伏的节奏型。与格律相比,它更直接存在于意象内容之中。温庭筠诗写水不直描述,而是通过水陆对比的方式写水。"澹然空水

对斜晖"写水,"曲岛苍茫接翠微",曲岛是水中之陆,但写的是陆而不是水;翠微是指青山翠树,也实写陆。"波上马嘶看棹去",马鸣舟中,随波而去,又写水,"柳边人歇待船归",待渡者憩息柳荫,又写陆。这样,前四句的意象组合呈现出水、陆、水、陆两个反复节奏。当然,反复对比并不是单纯的技巧。写陆也是为了写水:"空水""曲岛""波上""棹""柳边""船""沙草""鸥鹭""江田""五湖烟水"等,或明或暗,都是水的主旋律。因此,这一节奏是有主题的。秦观词的对比反复则沿着意象多元的方向而展开:"巧"与"恨"是两个相反的意象作对;"一相逢"与"无数"则是一种数字上的相对;"久长时"与"朝朝暮暮"又是个长时间与短促瞬间的对比。这样,反复是组合的基本律,但反复又不是在一个平面上展开的,而是分别从情绪、数量与长度三层次上展现自身,这三个层次的范围、性质、目标指向完全不相同。作为反复的旋律调式而言,则更显其丰富性。邵燕祥诗的反复节奏,首先即表现在每段两行一正一反的意象对比上,还表现在同一行中的"过去""未来""沉寂""喧哗"的反复对比,因此这也是一种套层的反复结构,只不过从字面上说它稍见出暴露的弱点而已。但我想这与它的题材有关,未必是诗人的疏忽。

20. [渐变]

> 十年离乱后,长大一相逢。
> 问姓惊初见,称名忆旧容。
> 别来沧海事,语罢暮天钟。
> 明日巴陵道,秋山又几重。
>
> ——唐李益《喜见外弟又言别》

> 候馆梅残,溪桥柳细,草薰风暖摇征辔。离愁渐远渐无穷,迢迢不断如春水。　寸寸柔肠,盈盈粉泪。楼高莫近危栏倚,平芜尽处是春山,行人更在春山外。
>
> ——宋欧阳修《踏莎行》

> 庭院深深深几许?杨柳堆烟,帘幕无重数。玉勒雕鞍游冶处,楼高不

见章台路。　　雨横风斜三月暮,门掩黄昏,无计留春住。泪眼问花花不语,乱红飞过秋千去。

——五代冯延巳《鹊踏枝》

[例证分析] 渐变的特征是意象转换具有一定的阶梯式特征。李益诗意象顺理层层推进。"十年离乱后,长大一相逢",指出相逢之前的离乱,交代时代背景与初次相见,其后是问姓,想起旧容、叙旧、谈毕、又别。情节的发展脉络清晰,秩序井然,层层推出结果,是一种从低音阶到高音阶的梯形节奏。欧阳修词的渐变则是阶梯式的,"离愁渐远渐无穷,迢迢不断如春水"。是先出条件"远",后叙结果"离愁无穷",条件与结果同步推去,后句也是同一手法,先出条件"平芜尽处是春山",又再追加远一层:"行人更在春山外。"这是一种较典型的递进方式。冯延巳词的渐变节奏集中在最后两句:"因花而有泪,一层也;因泪而问花,二层也;花竟不语,三层也;不但不语,且又乱落,自己凋谢了,四层也;落花被吹过秋千去,秋千是她与情人少时嬉游处,触动愁恨,五层也。"这是在十四个字中寓五层含义的极好例证。三例相比,李益式的渐变是以叙述方式直线贯串而成,虽是律诗,能有如此自然诚属不易。欧阳修式是以条件句引出结果句,再把结果句变为条件句引出新的结果句。这是一种层层递进的渐变结构,在唐诗中也屡见。冯延巳词性质与李益式叙述相同,但把它浓缩在如此简练的句式中亦洵称大手笔。因此,这三种渐变都是有独特个性的。当然,由于渐变层层推进的痕迹,字面上的意象构筑(特别是对偶式的构筑)痕迹不太明显,创作时也不过显斧凿之迹。故它在古典诗词中经常被引用,在新诗中也常见有较成功的用例。

21. [辐射]

江南可采莲,莲叶何田田。
鱼戏莲叶间。鱼戏莲叶东,鱼戏莲叶西。
鱼戏莲叶南,鱼戏莲叶北。

——汉乐府《江南曲》

万事云烟忽过,百年蒲柳先衰。而今何事最相宜?宜醉宜游宜睡。　早趁催科了纳，更量出入收支。乃翁依旧管些儿，管竹管山管水。

——宋辛弃疾《西江月》

花的墙。花的院。
花的山径。
整个的山坞都睡了，
月色。梨花。是它的梦。

——严阵《山坞》

强韧的脚步迈着柔软的步容
步容在这极小的圈中旋转，
仿佛力之舞围绕着一个中心，
在中心一个伟大的意志昏眩。

只有时眼帘无声地撩起——
于是有一幅图像侵入，
通过四肢紧张的静寂——
在心中化为乌有

——里尔克《咏豹》 冯至译

[例证分析] 辐射的构架是个有中心点的开张式构架。《江南曲》一诗以采莲人为主体，分别向东、南、西、北四个方向伸延开张，给我们造成一个向四面切出切入的回环印象。辛弃疾词以"宜"与"管"为轴心支点，拉出竹、山、水三个环顾的意象和醉、游、睡三个分布在生活中的切面意象，毋宁说也是一种纵横交错——空间的景和时间的事的交错辐射。严阵诗巧妙运用移情意识，把墙、院、山径都变成了花的移情对象。并为这种移情过程笼罩上宁静、梦幻的轻纱，造成意象辐射的含蓄以吻合移情的迷离心绪。至于里尔克的咏豹诗，不但"旋转""围绕着一个中心""昏眩"……从形象上明确点出这是个环绕式的构筑，而且还两次以辐射中心的忽然虚空来人为地突出这种辐射四周的环顾感，一是"在中心一个伟大的意志昏眩"，把很小的圈子（它提示出一种具体

性）、很具体的动作："强韧的脚步""柔软的步容"拉出来与"昏眩"做对比，是以四围之实抽空中心之虚。另一是"在心中化为乌有"。把具体的图像、四肢化入心中的乌有，也是一种以实抽出虚的辐射式结构。当然，里尔克此诗的妙处并不是像一般我们习惯的那样，是先确立一个固定的中心点再向四周做出辐射式的徐徐展开，而是先提出一个有四围侧面的实体再抽空中心以形成人为的辐射意象，前者是自然的，后者是结构的，前者是意料之中的，后者是令人感到突兀的，因此后者更具有神秘感。

  在前几章中，我们从思辨角度对意象组合作了理论阐述，本章则从实例角度对之作了一些分析证明。通过对意象在诗的体格中所具有的线条、色彩、肌理与质感、透视、方向、群化、节奏这七个大范围的实证式检验，我们更可以从感性角度对诗所具有的空间性格——意象构筑性格做出令人信服的肯定判断。当然，值得注意的是：除了色彩、线条等最基本元素之外，一切作为构筑的意象结构具有共同的特征，这即是它们的构筑并不是个各种实体的积叠，而是一种在空白间隔的前提下所导致的空间形态。诚如我们刚指出的那样，是以虚构实而不是以实构实。空白的存在并不是一种疏忽不慎或白璧微瑕，正相反，它是一种纯真的技巧，在诗人手中，它是被理性地运用在各种场合下并构成各种非常奇丽美妙的效果。在中国诗词中，空白的运用首先表现在语言结构方面。格律诗词的精炼、紧凑、压缩，使诗人习惯于对一些日常生活中分散的内容元件作出精致的提炼，并把它们组织到紧密的形式中去，这种努力的习惯无疑更增加了诗的不明确性。如果说古风式的诗歌在诵读时尚且可以捕捉到诗人所要表现的明确意象的话，那么律诗如果诵读，听者只能获得一些意象的片段，而无法在短促紧迫的瞬间中把整组意象连贯起来，律诗的特殊表现手段不允许人们这样做。在这一特征方面词也不逊色。古人对律诗常常提出耐人寻味、反复吟咏的要求，正是基于这一点——古典律诗适宜于反复咀嚼，但不适宜于一目了然，它的组合方式是把舍弃次要部分的精粹意象进行跳跃式的组合，这种组合的性格即是空白点的分布与意象的分布成交互形态。当然，由于交互并没有直观的逻辑推理过程，因此它很难一目了然——如果没有字面意象间空白点的互相伸延，推理过程的完成是不可能的；同样的，被舍弃的次要枝节作为空白，如果得不到补充追加，诗的意象的完整性也不可能被完全获取。

  完全可以看出这些表面现象所包含的实质性问题。事实上，之所以会出现这种种空白，完全是基于语言的"非时序"形态。如果是叙事式的"顺时序"，一目了然的连贯印象是理所当然的，在对这种空白进行思考时，我们也许会把它从语言学范畴引向审美范畴，并在其中窥出明确的中国古典艺术的共性特征——空白的存在是一种审美规范的存在，而且是一种带有强烈民族色彩的审美规范。

在中国画中，空白的存在即是一种实体的存在。齐白石画水墨虾，空白即是水；黄宾虹画山水，空白就是天；吴昌硕画梅花，空白可以引起是山、是石、是泉、是草等种种联想。没有人会认为有了这些空白因而这幅画就没有完成。这就是空白的审美妙用。中国书法篆刻也极讲究空白，计白当黑是抽象造型训练必须掌握的基本功。没有白的显露，黑线的框架就无从确立，甚至，有经验的书法家在创作时眼睛主要注目于空白被留出的形状、面积和倾向，它比黑的墨线更为重要。中国戏曲中更是充满了空白的现成例证，演员可以在强灯光下表演出黑夜里摸索打斗的场面而使观众相信这正是黑夜。拿一根马鞭一挥就可以表示活马在驰骋。这样的空白意识和虚拟意识是独一无二，完全体现出强有力的民族性格。

意象衔接中的空白与此审美性格完全相同。如果说在静态的视觉艺术中，空白的功效主要表现在虚对实的正负对比方面；那么在动态的诗歌文学中，空白主要表现在以虚隔实的间隔节奏方面；空白把本来完整的语言意象切成一个个独立的单元，在似有似无中让它们并列。至于以什么样的方式把这些意象作一因果串联，每个读者可以有自己的创造与想象。"孤舟蓑笠翁，独钓寒江雪"，是独钓后再下雪还是老翁在雪舟上独钓，诗人并没有明确的交代，但不管是哪一种可能，虽然因果关系完全不同，作为审美的整个气氛与过程却有同等价值。把"交代"变成空白虚掉，使读者有了更主动的参与意识和创造性，犹如我们在一幅写意山水画的大浑点[1]中可以看出它是树的标示，也可以看出它是山石或是云雾的标示，虽然标示的内容完全不同，但气氛情调却丝毫不受影响一样。这是一个开放的过程。

空白的美学性格必然是意象构筑的最佳伙伴，因为准确的连续是很难再有重新构筑的可能性，前者是时间而后者是空间的。以空白为起点，我们看到了它的一系列"物化"——应该说是诗的本体化的成功表现。首先，它导致了空间塑造的经常受到诗人

（1）大浑点是宋代文人画家米芾所创，被指称为"米点山水"，他善以淋漓的大块墨点去简练地表达山色朦胧的意趣。

的青睐。如《诗经》：

蒹葭苍苍，白露为霜。所谓伊人，在水一方。溯洄从之，道阻且长。溯游从之，宛在水中央。

——《秦风·蒹葭》

这"在水一方"的方和水中央，即是明确的空间观念的支配。《诗经》在中国是文学的老祖宗，只要把它与西方诗的老祖宗——叙事史诗作最简单的比较，即可发现这种"在水一方"式的观察立场与表现立场，是西方文学发轫伊始就被忽视的。

当然，从描述性（其实它亦未必不是一种表现）的"在水一方"与《诗经》排偶的诗歌格式之间的相对照，我们也许还只是看到较易理解的例证现象，随着诗的不断发展并渐入巅峰状态，诗人们对空间的把握体现出一更能动的特征。如王维诗：

大漠孤烟直，长河落日圆。

——《使至塞上》

渡头余落日，墟里上孤烟。

——《辋川闲居赠裴秀才迪》

孤烟而能"直"、能"上"、这正是一种空间式的方位概念在形象塑造中的主动进取现象。因为很少会有诗人只凭第一瞬间的感觉即拈得出这个"直"字和"上"字的。并且它们在语法的或语义的习惯结构中总是不那么令人觉得妥帖的。但这种对空间塑造的偏心一旦获得与律诗结构相对应的机会时，它们的优点立即被发挥得淋漓尽致。

其次，空白的存在必然使原来被线状拉开的意象向更自足的形态收缩。一个与前后意象相粘连并构成一定逻辑关系的意象，忽然被切断了粘连关系，只保留下最核心的本体部分，这必然使被留存下的意象本体更紧密地回护自身，其最终结果则是意象的浓度明显加强，扩张力更大。一首小小的律诗只五十六字，居然能描绘无限大的宇宙空间，思接千载，纵横八极，正是有赖于意象本身的浓度与构筑完美的作用。上述的方向、群化、透视等章节已经使我们对构型的张力略有体验。而站在空间诗学的立场上看，它当然还不只满足于意象自身的有限张力，当它被间隔在一定的空白之间，成为一首诗的机制中的有机元素时，结构的张力更是令人难以预测。至少，在叙事诗中，我们只看到思想发展的唯一一条轨道——与字面相统一的轨道。但在空间意识极强的诗中，我们可以看到同时存在着并行的几条发展轨道，每一轨道都将是合情合理的，每一轨道又都自成一个有机结构，能在一个结构中同时存在着向三四个结构扩张的可行性，这样的张力怎不令人刮目相看？当然，这还是就平行的发展轨道而言，如果再考察一下纵向的每一意象在字面上的位置及空白间隔后所产生横向的跳跃感，那么在大漠与孤烟之间的意象联结上我们也同样明显地看到一种张力，两者之间在表面上未必有什么联结的理由，但它们共同为控制全诗气氛服务，在从"大漠"的意象转向"孤烟"的意象中，读者可以在间隔空白中填进许多自己的内容：如烟为什么"孤"，也许是与大漠之广阔无垠对比出来的；沙漠上为什么要有烟？也许是在空旷的天地中有一个生命体的存在……这种每一纵向的空白所产生的想象张力，同样是令人叹为观止、并具有鲜明的空间驰骋性格的。

也许，在诗中如此义无反顾地强调空间，恰与在造型艺术（它本来是空间性格的）中却反过来强调时间性构成对应。这正是中国艺术的融会特征。在《书法美学》[1]的第二章《书法的时空观》中，我反复指出了书法创作中时间作为美学特征的重要性，以及它在笔顺、创作心绪、欣赏"内模仿"等方面的无所不在的体现。在《中国画形式美探究》[2]的第五章中，我也强调了中国画线条本身即具有时间性格，并对水墨写意画的时间表露、创作心绪表露的特征做过分析，还曾认为这一美学特征导致了它注重临摹的奇怪倾向。现在，在诗这一本来属于时间性的文学门类中，我又强调了它的空间性格。很显然，中国书画之不同于西方绘画的特征，即在于它在空间立场之外还有个时间上的潜在规定。而中国格律诗词本来是立足于时间角度，但它在与西方诗共同享有这种权利的同时又为自己提出了空间构筑的要求。我们在中国书、画、诗中看到的是时间与空间的交叉、融会与渗透，而在西方则看到莱辛那斩钉截铁地宣言，也许，这也可以算是西方走向分析性思维、而中国走向中和性思维，西方强调物我对立而中

（1）参见笔者著《书法美学》第二章《书法艺术的时空观》，云南人民出版社。
（2）参见笔者著《中国画形式美探究》第五章《形式的表面定型与内在张力》，上海书画出版社。

国强调天人合一的又一例证吧？

　　传统的审美取向是如此，西方意象派诗歌则正在向中国诗靠近，那么，中国新诗如何呢？闻一多的格律新诗看来响应者寥寥，曾经风行一时的马雅可夫斯基式的梯形诗，也因为仅有形式上的拆碎但没有意象上的成功构筑而热衷者渐稀。把诗的空间性格仅仅理解为字面格式的改头换面，这是很难具有生命力的。我不禁想起了当代新诗领袖之一的卞之琳，他有过一个也许现在看来还不算成功、但却似乎潜藏着成功的巨大希望的尝试。卞之琳曾经在20世纪30年代发表过一首题为《距离的组织》，其构思是非常独特的：

想独上高楼读一篇"罗马衰亡史"，

忽有罗马灭亡星出现在报纸上。

报纸落。地图开，因想起远人的嘱咐。

寄来的风景也暮色苍茫了。

（醒来天欲暮，无聊，一访友人吧）。

灰色的天。灰色的海。灰色的路。

哪儿了？我又不会向灯下验一把土。

忽听得一千重门外有自己的名字。

好累啊！我的盆舟没有人戏弄吗？

友人带来了雪意和五点钟[1]。

（1）① 1934年12月26日，《大公报》国际新闻版伦敦25日路透社电："两个星期前，索佛克业余天文学者发现北方大景座中出现一新星，兹据哈华德观象台称：近两日内该星异常光明，估计约距地球一千五百光年，故其爆发而致突然灿烂，当远在罗马帝国倾覆之时，直至今日，其光始传至地球云。"这里涉及时空相对的关系。②"寄来的风景"当然是指"寄来的风景片"。这里涉及实体与表象的关系。③第五行。这行是来访友人（即末行的"友人"）将来前的内心独白、语调戏拟我国旧戏的台白。④第六行，本行和下一行是本篇说话人（用第一人称）进入的梦境。⑤ 1934年12月28日《大公报》"史地周刊"上《王同春开发河套记》："夜中驰驱旷野，偶然不辨在什么地方，只消抓一把土向灯下一瞧就知道到了哪里了。"⑥《聊斋志异》的《白莲教》篇："白莲教者山西人也。忘其姓名，一日，将他往，堂上置一盆，又一盆覆之，嘱门人坐守，戒勿启视。去后，门人启之，视盆贮清水，水上编草为舟，帆樯具焉。异以拨为指，随手倾侧。急扶如故，仍覆之。俄而师来，责'何违吾命'。门人力白其无。师曰：'适海中舟覆，何得欺我！'"这里从幻想的形象中涉及微观世界与宏观世界的关系。⑦最后一行。这里涉及存在与觉识的关系。但整诗并非讲哲理，也不是表达什么玄秘思想，而是沿袭我国诗词的传统，表现一种心情或意境，采取近似我国折旧戏的结构方式。

如果对这些注释能悉心回味并对照着看原诗的话，那么卞之琳此诗的"沿袭我国诗词传统"的自许并非虚妄。因为他在这样的新诗形式中确实把握住一些看来是最难把握的东西。他在描述中并不是仅仅对"顺时序"的语言作改革，而是遵循新诗的语言习惯，重在意象的跳跃与空白间隔的技巧运用上下了较大功夫。诸如实体与表象、对象与主体、梦境与实境、幻象中的微观与宏观、存在与意识等等大幅度跨越的性格，被组织在严密的意象之中。当然，虽然作者自称是意在表诉心境而不是哲理诗，我们在全诗的总体归结时可以产生一种创作心绪的体验，但在阅读、接触每一具体意象时，哲理色彩仍然是很浓的。就这一点而言，它与古典律诗还是有些许差别。古代亦非没有哲理诗，但像"不识庐山真面目，只缘身在此山中"，"问渠那得清如许，为有源头活水来"，其形象感还是稍强于此诗。这当然是个字面意象效果的问题，在形式上，卞之琳此诗堪称是振聋发聩的。叶维廉在他的《语言的策略与历史的关联》[1]中对此诗曾大为称赞：以为是"在一种'寂然凝虑、思接千里（千载）'的意识状态下，对空刻刻的变幻。像 Bachelard 在《梦幻的诗学》一书中说的，在一种突然透明的境界中，过去的事物、现在的事物成为一种活生生的存在，而就在自我渐灭到只留一点点与现实相连的时刻，从不同时间和空间来的事物突然与现在我们想象活动存在意识的中央，把我们抓着而成为我们存在的一部分，使我们有特别的感觉能力带着浓爱去拥抱声音、香味、种种活动、颜色和形象"。在叶氏看来，这是心游万仞，神与物齐的最成功的一首新诗。并且，他认为"时空相对""实体与表象""微观与宏观""存在与意识"是四个层次互相照应、互相联系的，这种照应与联系，正是一种空间性格的构型过程。

也许卞之琳此诗未必能作为最成功的例证。因为它的内含典故太多，不加说明简直难以弄清楚，这势必影响了它的字面意象的明晰度，与新诗的语言习惯稍有冲突。而且，由于意象跳跃太大，读者也很难靠自己把它串接起来，这又使得它略带荒诞、神秘的色彩，因此它在新诗中还未能引起足够的注意。但我以为，这首诗的注重于意象构筑而不是表面形式如字或行的排比，使它起步伊始就比那种什么宝塔形、梯形诗的纯形式审美高出一头。也许它正是预示出中国新诗所应致力的方向。

---

(1)此文是叶维廉在台湾地区第五届比较文学会议上的讲稿，原载《中外文学》第 10 卷第 2 期（1981 年版）。杨匡汉、刘福春编《中国现代诗论》曾节选此文，请参阅。

如果说，有鉴于格律诗词的形式禁锢太烈，而且许多新鲜的意象一经用古典诗的文言方式道出，马上即引出陈腐的反应的话，那么它表明新诗对言文同步的革命十分必要。反应的必然陈旧意味着以这些元素为起点的整个审美机制的老化，不改造显然是不行的。但在语言文字的革命完成之后，是从被冲垮的旧形式中简单地做反面文章、简单地引出一些所谓的新形式来满足自己的廉价创造愿望，还是深入研究各种被扬弃的对象媒介，去探求它的有价值的相对恒定的内核结构，并把之与历史相同步的表层形式格律区别开来，以为新时代诗人所用，我想，这不仅仅可以检验出每个诗人的认识水平、思想水平的优劣高下，还将决定新诗是否能在旧诗这个既定的强大而悠久的参照模式对比下仍然有所超越、开创出一代新诗体格的重大问题，每个诗人和诗学家都将被迫在这个严峻的考验下作出自己的选择。

第六章　形式极限与超越

　　一切理解永远只是相对的，永远不可能完美无缺。阐释活动的最后目的，是比作者理解自己还更好地理解他。

　　　　　　　　　　　　　　　　　　　　　　　　——狄尔泰[1]

　　诗的成功构型，尽管在西方还只是现代诗坛的内容，但在中国，它已经有上千年的辉煌历程了。从上一章的归纳整理可以看出，中国格律诗、词的构型是成熟的、完美的。它有深厚的积累并已成功地塑造了自己，西方诗人正在一头沉湎于它的魅力而不能自拔，还以它为现代西方诗坛发展的方向，如此看来，它似乎已经美轮美奂，毫无遗憾，但我们仍然看到一个极不和谐的现象正席卷整个诗坛：新诗的出现毋宁说是对这种构型的坚决反叛，如果说现代这个时间概念曾创造了中国新诗和西方现代诗，那么，它们的发展取向就形式而言完全相反：前者是从整饬的空间走向散落，后者则力图从散落的描绘走向整饬。倘指后者（现代诗）是我们空间诗学立场的有力证明的话；那么前者的存在却是个不吉之兆，它有使空间诗学理论解体的潜在危险。

　　换句话说：如此精整完美的格律诗，如此完整的空间构型；又是如此为西方诗人

---

[1]［德］狄尔泰《阐释学的形成》，第5卷第330页。

所艳羡的意象组合成果，为什么在当代中国诗坛却后继乏人、已绝嗣响？难道是当代中国诗人妄自菲薄、数典忘祖，有意要把诗引向一个不要空间、不要意象的黑洞中去？格律诗在生存了上千年之后，在一夜之间被扫出当代文学的王国，只能成为国粹的象征为一些专家们所倾心，而大部分诗人却一起涌向新诗领域；未必人们真的对意象空间的构筑已深觉背时落伍、失去信心？如果真是这样，那么我们今天花偌大气力来证明空间构型是诗的最有价值的内涵还有什么必要呢？

要探讨这样的问题是相当艰难的。因为我们不但要像前几章那样对诗的体格进行横剖面的分析与整理，而且还要努力从诗的发展这一纵剖面的历史立场去对它的来龙去脉进行认真的审察思考。而按通常的习惯，这样的审察必然把我们引向一个社会学的立场，去热衷于阐述诗的发展曾受什么样的社会背景、政治经济基础的规定并表现出何等样的国力强盛（如唐诗）或国力衰颓（如宋词）等等课题。这当然也是个必要的课题，但不是唯一的纵剖面课题。在历史中，它仅仅表现为一种客观社会存在的一个有机构成？还是在成为有机构成的同时它自身也作为一个主体化立场的文学本体而构成诗史？作为诗史，它不也同样应该有自己的盛衰兴败的记录而不只满足于与社会盛衰同步吗？进而言之，有没有社会衰颓但文学却以本体发展的内部法则而使自身正处在巅峰状态？元朝的建立从表面上看显然是蒙昧战胜文明，在知识阶层被极度贬抑的社会条件下为什么能开出元曲这一璀璨的奇葩？汉朝不是鼎盛的大一统帝国吗？卫青、霍去病的铁蹄直指匈奴沙漠；雄强尚武的社会风气下为什么会出现汉大赋这样玲珑精致的文学形态并且迅速地泯灭无闻，再也没有余力维持自身？类似的例证在其他文化形态中也大量存在。如中国书法，在雄视八极的秦帝国社会环境中却产生了过分修饰的秦篆；中国篆刻中的最衰落时期正是在社会意义上说是最强盛的唐宋时期；中国绘画中的最典型格式"文人画"的第一个高潮也恰恰是在最压制文化的元朝；像这样的历史现象，仅仅能用一个社会学立场就能包揽一切吗？有没有更深层地立足于文学体裁机制本身的原因？

我想肯定是有的。在社会学立场上的诗的分析，是一种历史的诗歌立场；而立足诗学本体的研究，则是一种诗歌的历史立场。当然这两者间会有交叉影响，但作为一种本体观，它们显然是完全不同的。而以后者作为我们进行纵剖面审察的起点，我想正是空间诗学的希望。理由很简单，因为它最注重的是形式课题，而形式是相对较独立于社会背景的。一代大师王国维曾经有个著名的论断：

> 凡一代有一代之文学。楚之骚、汉之赋、六朝之骈语、唐之诗、宋之词、元之曲，皆所谓一代之文学，而后世莫能继焉者也。[1]

后世不继，即是指它的衰败。历来对这段评论多从社会学立场上去解释，如果把每一种文学体裁贴上某个朝代的标签，那么朝代更迭后，它当然也衰败。但如果像我们前述的那样，意象的空间构筑不只是个格律诗内部的现象，还是个泛文学现象，那只要文学不灭，它就应该不灭。为什么诗就一定只能归于唐而"后世莫能继"？诗的意象魅力连国度、民族、语言的隔阂都能跨越，为什么却跨不过同一文化系统的朝代更替？

深层的原因是在于诗的形式媒介自身。在繁复多变的社会生活中，形式的存在是一种定型，它把人这个主体对客观的感情反射、思维反射、视听觉反射所获得的内容纳入一个固定的形式轨道，并用主体审美这个能动的酵母对种种反射的原材料进行醇化。如果说文学与科学有区别，那么这种区别主要并不表现在"美"与"真"的目的不同——没有一种文学艺术可以寻求不存在的"真"和单独的"美"，一切真与美都是互相制约着而存在；区别倒主要表现在于文学艺术是对对象的具体化的形象阐释；而科学则是对对象的抽象化的概念阐释。前者注重形式而后者注重法则与思想。

落实在文学体裁上，形式的存在并不是个先天的永恒现象。每一种形式的产生都有一定的时间规定性。如诗律的产生于六朝、词产生于唐和五代，如果要在秦汉时期去找《水浒传》与《红楼梦》，这是在与历史老人开玩笑。当然，辩证地看待这种规定性，则有盛必有衰。既然唐代是律诗的全盛期，那么必然在它以后的某个历史点上存在着它的衰颓期。这个衰颓期可以在紧衔着的宋，也可以跨三代直到清代，时间落点可能有早晚的差异，但衰颓的趋势则是必然的。正如人把石头抛上天必然导致它掉下来、人的出生的喜悦必然导致他死亡的悲哀一样，没有前者就没有后者。"祸兮福所倚，福兮祸所伏"，周而复始的循环是个必然的无法抗拒的事物运动规律，它既然决定了日月昼夜的生生不息的生态，也必然决定其他一切人为的努力。

（1）王国维《宋元戏曲考序》。

把诗的发展看作是个生态学过程，则我们可以把全盛期的唐诗宋词比作青、壮年时，这一时期是智慧、体力全面活跃的高峰期。以它为界，战国秦汉魏晋六朝是诗的萌芽期和上升期，元明清则是诗的衰微期。这种时期的划分并不以某一时代诗人的数量而定，也不以诗作的多少而定。清词的数量是宋词的几倍，但并不等于清词在成就上超越宋词。划分的标准是形式的完备。只要律绝形式是在唐代齐备并广为社会所承认，并且宋元以后诗人写诗在形式上不能超越它，那么律绝的高度只可能以唐代为标志。平心而论，唐以后并非无诗，且不论宋代诗人众多，像江西诗派还俨然自划系谱；就是明代也有前后七子的曾经风云一时，但与唐诗相比，他们都只是在既定的框框内步趋古人，在文学史上只有追随的价值而没有生发的价值，他们就只能带着衰微期的标志而绝对缺乏开拓者的恢宏气度。王国维的"一代有一代之文学"，我想首先就意味着这样一个真理。

上升期的形式是极有活力的，因为诗本身具有活力。没有被全面定型的形式对自身的认识是一种全方位的认识——不带传统的偏见和习惯的立场。当然，这是就形式本身孤立地看。立足于形式（表层）与感觉（内层）这个关系与原材料之间的对应，则上升时期的诗，主要表现在感觉受制于客体，一切以自然存在为出发点。这种受制使诗人对形式本身的稳定性不做过多地考虑，而是以感觉的获得来选择合适的形式表现——如果把对象和主体感觉都看作是诗的内容的话，那么这是感觉内容寻找形式的一种取向；形式不是预先规定的，形式必须随着需要而灵活改变自己的外观——文学的存在是社会生活的体化物。因此，形式本身是个很有伸缩弹性的"空框"。

形式的被确定和被沿用是诗歌史上最最辉煌的业绩。诗对这种丰功伟绩表示最自鸣得意的炫耀，并为自己的成功松了一口气，因为这标志着它的受到承认。但这种美妙的锦绣前程并没有为它带来预想的幸福，恰恰相反。在短时间的欢欣鼓舞之后，它开始约略感觉到自己背上了沉重的形式包袱。在诗的形式格律被确定下来后，感觉的支配作用日渐衰退；感觉基点从生活自然开始移向形式主体。它不再像上升期那样拥有全面的支配权和选择权，反过来却是形式在支配并决定着感觉的价值高低。以客观与感觉为中心蜕变成以形式格律为中心，一切以形式去取为去取。

元明以后人们所面临的正是这样的尴尬处境。除非不写诗，一写就必须以古代人（对他们而言是唐宋人）的格式为标准，没有自我的感觉也没有自我的生活价值观。相对于后人而言，李白、杜甫永远高不可攀，因为在我们看来很碍手碍脚的格律规定，在他们而言却是亲手创制、如同己出。于是，必然的由于古今（生活环境、历史观念、文学观）存在差异而导致的感觉差异，在划一的形式面前却不得不屈尊称臣，不用这种形式吧？又不算是诗——因为已经有了个成功的诗作为参照系；用这种形式吧？则必须跟着创造者走——自我感觉本来是有血有肉的，但在形式的威严逼视下恂恂慑慑，完全丧失了活力，诚如王国维在《人间词话》中指出的那样：

> 四言敝而有《楚辞》，《楚辞》敝而有五言，五言敝而有七言，古诗敝而有律绝，律绝敝而有词。盖文体通行既久，染指遂多，自成习套，豪杰之士，亦难于其中自出新意，故循而作他体以自解脱，一切文体所以始盛终衰者，皆由于此。[1]

所谓"自成习套"，我想首先即表现为形式本身性质的转化，在形式媒介正处于上升期时，它不但运载着感觉内容向前疾驰，并且它自己也在不断发展，它的终点在何连自己也处在未知状态，因此，它自己也是个正在成长中的生命体，媒介的定型是一种成熟的标志，体系化、全面化和专业化的优胜处令人羡慕不已，它意味着高峰期的来临并且同时也标出了自己的生命极限：在哪些领域中有自己的发挥余地，哪些领域已超出自己能力所限而不得不让位他人。成熟的定型是一种规定但同时又是一种否定，它在为自己划分所属领地的同时不得不把更大的领地拱手于人。正是在这个意义上，我们指出格律成熟与定型又为它自身标出了极限。用老子的立场说，前期格律形式的不固定则"无执故无失"，后期形式定型这一"执"必然同时带来"失"。"执"与"失"之间也是辩证地存在着的。

形式媒介的步入下降期时，形式作为感觉内容的运载器仍然实施着原有的功能，但它的另一面：作为一个本体构架的成长与发展却由于定型而遭到了显而易见的停顿。在最初的一段时间里，这种停滞不易觉察，随着时间的绝对效应，随着定型后带来的沿袭风气和迫不得已的偶像崇拜，形式原有的生命机体也日益缺少活力，变得空洞而

---

[1] 王国维《人间词话》第70页。

且老化、迟钝。本体发展的停滞如果再置身于一个历史环境之中，那么这种老化与迟钝更有令人难以想象的副作用。因为我们在一般的形态凝固后只感觉到它的不再发展，这种不发展未必一定表示它倒退，就像一枚生鸡蛋的变成熟鸡蛋，蛋清和蛋黄从液体被凝固成固体，其间的营养成分虽不增加但也未必减少一样。物质间的简单转换都是相同的。但一种生物形态的物质，当它在一定的发展行进过程中被停滞和凝固后，结构内部的各种构成却未必也同样原封不动地被凝固，它们的流离失所是必然的，中国的古谚"逆水行舟，不进则退"，正是用极通俗的语言道出了一个极深刻的道理。

形式（格律）的生命形态的本体停滞正是呈现出这样的现象。形式的被定型使得大批充满活力的细胞迅速消亡了，表面上的躯壳外骸而不是深层的发展活力及它与感觉之间曾经有过的优秀合作的解体，使它变得老气横秋。停滞的时间越长，形式自身内面的构成退化得越明显，直到这种活力被消耗到极限所可能承担的范围尽头，则形式本身的崩溃在所难免。当然，这种崩溃未必是以惊天动地的"暴力方式"进行的。当某一形式在鼎盛时期的若干年之后几乎销声匿迹、无人问津时，崩溃也就出现了。律诗和词在元明和清代虽然已被元曲和明清小说挤出文学舞台，只能偏于一隅，则已经标明它离极限和崩溃已经不远；所幸的是文言这个文化基础仍然存在于社会应用之中，为它创造了苟延残喘的有利条件。待到"五四"新文化运动的扫荡一切之后，律诗与词就被完全抽掉文学创作的最后一线生机，只能在古籍研究的宝塔尖中百无聊赖地向后人展示先朝的辉煌体格而已。

正是曾经辅助诗登上封建文化至高无上宝座的格律形式又导致它的一落千丈。我们不禁重新想起了前面曾引过的成语："成也萧何，败也萧何。"形式曾经帮助感觉创造了一个完美的诗的外形，但这种输出并不是单向的；在它提供帮助的同时它也从感觉那里获得丰厚的酬报——感觉曾赋予形式以一个发展的生命本体模式。使它在帮助别人时自己也日臻完美、欣欣向上。待到形式在发展中羽翼丰满，开始目空一切傲慢自大时，它对感觉的不尊重甚至奴役也立即获得同等的回报——感觉的被束缚使它缺乏力量旁骛，结果则是在形式发展的表层之下釜底抽薪，使极限的阴影提前笼罩形式之上并最终导致崩溃。"五四"时期白话诗对格律诗的扫荡，虽然是个偶然的历史现象，其实却是个必然的结果——扫荡发生在21世纪初是偶然的，但扫荡本身却是必然的，因为形式的产生和发展在走向全盛时期时已经暗地里埋下了毁灭自身的苦果。也许，唐代的格律诗和宋代的词，正是形式与感觉内容之间平等相待、互相尊重的最佳时期。在此之前，是形式为感觉所支配；在此之后，则是感觉被形式所奴役，但文学是人学，作为最至高无上的主体的代表，感觉的蔑视比它本身的跋扈更不可容忍，所以衰微期也必然是在形式成为决定性力量之后。

这是立足于形式媒介的探讨。那么，立足于感觉能力这一方面呢？既然早知形式要走向毁灭，更有主观能动性格的感觉为什么就不能顾全大局，用自己的力量去抵制毁灭的到来？形式的毁灭也必然带来感觉自身的无所依附，因为赋予它外形的"物质"消失了，那么，即使不为形式，为它自己的生存它也应该力挽狂澜，尽量避免同归于尽的悲剧结果，为什么它竟如此目光短浅、心胸狭隘？

感觉的可悲之处并不在于它的心有余而力不足，也不在于它的有意见死不救。恰恰相反，是因为它在这漫长的历史进程中，自身的立场也被形式所异化，以至见怪不怪：身临绝境而不自知。

我们应该看看曾经对形式颐指气使的主体感觉在潜移默化中是如何被异化的。诗的形式本来是一个稳定的框架，这个框架有两面性，一方面，它相比于叙事诗和叙事文学显然有规定性，它较为专注于形象而忽略因果的语法交代，当然也较为重视思维的精炼性而反对芜杂，这是内容选取的由泛到专的取向。另一方面它又在声律规定上重视正面的积极提携而忽略反面的限制约束。诗的平仄虽然是规定的，但可平可仄之处的经常出现，以及所谓的"一三五不论，二四六分明"的民间口诀，正是表现了形式规定的从专到泛的反向趋势。即使是押韵，虽然我们今天作诗要用一本《佩文韵府》，要查出韵部而不能押口语韵，但这完全是时替风移的结果而不是人为的限制。在唐代李杜们吟诗是不必查韵书的，韵书的规定即是以他们的口语为依据，只不过后人在语音上与古人产生差距，于是才有了专门的韵书而已。因此，这还是一种从专到泛的取向。

内容与形式之间产生反向的限制要求，使诗成为一个有效的空框构架。它在形式上是较为宽泛而具有较大容纳性的，它在内容上则较为审慎。古典诗词的形式框架的容纳性越大，导致它的稳定系数越高，反叛的要求和成功的可能性也就越小，形式惰性也越易于滋生并在不知不觉中蔓延，成为审美习惯所依赖的基础。应该说，在这样的形式规范中陶冶时间越长，历史越悠久，则感觉被异化的可能性越大。因为感觉在一定环境下被人们认可并赋予其价值,首先取决于它能否取得环境诸因素的好感,而这各种因素中最重要的一个,就是形式格律。

这样的分析还只是一目了然的现象分析。更进一步的感觉异化的证据,还在于更基本的心理学起点。在视、知觉心理学研究中,人的感觉(包括视、听觉)并不是先天生成的,它的存在完全取决于客观对它预先施加的影响。在美术研究中,我们称它为视觉的"预成图式"。在视觉与知觉之间互相制约的纠结中,我们通常认为,首先是视的生理功能把存在吸收为图像,再由知觉进行分析与储存。前者是连接客观一端,后者则连接主观一端,因此,是客观决定主观的过程。但是瓦尔堡学派的主导人物英国学者贡布里希却成功地改变了这个几乎众口一词的结论。他在《艺术与幻觉》中精辟地指出:"视"与"知"之间的关系完全不是如上述那样。"视"在本质上应该由"知"所支配,这个"知"是预先已被积淀在视觉经验中的心理意义上的图式。在拙译《心理学与风格之谜》中,他引德国学者费德勒语称:

> 即使是最简单的感觉印象——那种看上去像是供心灵思考的原料式的印象,就已经是一个心理事实;我们所谓的外部世界,其实是从复杂的心理过程中导致出的结果。[1]

否定视觉印象是一个心理过程的而不是生理过程的结果,这当然是石破天惊之论,在当代美术史研究中引起巨大反响。但它的价值绝不仅仅在于美术史领域。更重要的是在于它意味着一个铁的事实:传统的现代模式对我们后来者所具有的支配作用正与它相同——正是原有的形式规范在制约着具体感觉的升降度,并不怀好意地适时淘汰那些不合自己口味的异己分子:在这里,感觉完全处于遭到筛选的被动处境。

当然,在这里,充任筛选人的不是个人的知觉——预成图式,而是整个历史在文学体裁(具体表现为诗)的形式中所制造的传统。形式传统具有整个历史长河的背景,它完全笼罩了作为个体的诗人的感觉,其间力量的悬殊对比是一目了然的:漫漫几千

---

[1] 节选自[英]贡布里希 *From Art and Illusion*,参见陈振濂、杨思梁译《心理学与风格之谜》,《新美术》1986年第2期。

年和无数诗人的风格类型的存在、久经检验的形式，在与每个个人在一定时间内的感觉进行控制与反控制的对抗。

形式对感觉的支配作用是通过心理定向这个桥梁的，它促成感觉内面所潜藏的某种期待，并对感觉选择起制导的作用。把这个心理过程放在历史发展的时间之链上，它又成为历史对感觉进行沙汰的基本依据，我们可以看到其间所包含的几个循环转换，它们是互为因果的——这当然是从属于审美习惯而不是审美探究的一个循环圈：

```
形式  ───────────▶  感觉
 ▲                    │
 │                    ▼
相应的形式 ◀────── 感觉期待与
                    选择
```

在浓重的审美习惯制约下，形式惰性被赋予最大的生存机会。在此中，一切因循和陈腐、老化都是值得原谅的，因为当它被拉开在时间的进程中时，它就成了传统和尚古，被罩上了一圈神秘而权威的面纱。我们不仅可以看到，在唐代律诗的丰功伟绩刚刚被缔造成功不久，宋代人就坦然自若地在律诗中提出要"点铁成金"，而在词中则大倡"櫽括体"；到了明代，李梦阳、何景明等则公然提出奉杜甫为宗，以能步趋老杜而自炫正统，王世贞竟至要"文必西汉、诗必盛唐"，可谓是因袭之风愈演愈烈。清代的诗则不必说，正如《红楼梦》第一回曹雪芹所批评的那样，连小说也是"开口文君，满篇子建，千部一腔，千人一面"，代表着形式惰性的最典型一面的诗，在此中扮演了一个极不光彩的角色。其根本原因，并不是什么社会盛衰，而是文学形式内部的媒介在历练了生命的成熟之后的日趋老颓，日暮西山，气息奄奄。

当然，仅仅从时代角度去划分盛衰，而硬指唐诗皆精妙绝伦、明清诗则一无可取，这显然是很难说服人的。应该看到：感觉与形式的矛盾关系从一开始就具有正负面的两种功能，正面的作用是对于形式的固定、感觉的冲击和逾越，可以产生充实、深厚的效应，使形式自动的能力和协调的能力加强，维系它自己的生命历程。反面的作用则是它将以自身的即兴和随机性使形式疲于奔命、应接不暇，最终则逼迫形式不得不筑起坚固的长堤严阵以待，以能令感觉自身屈就于尊为能事。故而，感觉的受制于形式是必然结果，即使不考虑"预成图式"的因素，只要有时间，有文学的生命旅程，感觉的最终丧失对于诗人而言也是必然的归宿。越到末世的诗人，所遭受到的这种痛苦就愈烈。闻一多竟然在新诗领域中自愿"戴着脚镣跳舞"，并以此为能事，津津于在完全不同语序构成的白话语言中寻找音节、格律、句式，是他个人的悲剧但更是诗的悲剧，因为它正表明诗的形式对诗人感觉的麻醉与制导已经进入下意识的阶层。似乎感觉不带格律的"脚镣"，连自己也觉得无所依傍。

这种"自寻脚镣"的举动，别说是新诗，就是在唐宋时期就已微露端倪。当然，唐宋诗人对形式束缚的反应是不一样的。如果说当诗正如日中天，正常而日趋繁盛地运行着、因而诗人个人感觉的横遭束缚是以技巧方式表现出来的话；那么在诗的媒介生命力日趋衰竭之时，这种束缚却表现在形式上精巧新奇的嗜好方面。这并不奇怪，技巧上的弱点是与生俱来的，它预示了诗律形式日后走下坡路的大致导向，但它在繁盛时代还不会表现为一种共性的形式取向而多表现为个性的技巧取向。待到诗的形式疲软、生命滞弱之时，则愈求在其中用最新奇最玲珑的格局以求异于一般的要求自然占了上风，并构成一种稳定趋向为共性的众多诗人所一致热衷。我们先来看看唐诗中作为技巧型的"感觉丧失"。白居易在此中是堪称"胜手"的：

一、为求对仗工整、字面精巧而叠床架屋：

> 携持小酒榼，吟咏新诗句。
>
> ——《秋日怀杓直》

> 夺我席上酒，掣我盘中餐。
>
> ——《宿紫阁山北村》

> 不悲口无食，不悲身无衣。
>
> ——《寄唐生》

> 何以洗我耳，屋头落飞泉。何以净我眼，砌下生白莲。
>
> ——《香炉峰下》

> 蔬食足充饥，何必膏粱珍？缯絮可御寒，何必锦绣文？
>
> ——《赠内》[1]

语句相对但意思完全重复，形象或意象在此中不是起构筑作用而是起排叠作用，意象与意象间并没有包含着新的寓意的生发，而完全是趁字面对仗整齐而搞的文字游戏。显然，这样的累赘与重复是诗人的感觉所不屑的，但在表层形式上却是有华美的效果。因此，这可以算是一种为合形式规定而甘愿使感觉牺牲的类型。

二、为求形象鲜明而比喻生硬：

> 大似落鸿毛，密如飘玉屑。
>
> ——《春雪》

> 渭水细不见，汉陵小于拳。
>
> ——《游真悟寺》

> 泉喷声如玉，潭澄色似空。
>
> ——《题喷玉泉》[2]

所用比喻完全是以事喻事，并且牵强附会，平淡而涉于滥，声之如玉与色之似空，对于所描绘的对象而言完全是一种叙述而不是复线的阐发。但从字面上看，形象感却还是明确的。把汉陵比作小小的"拳"，是一种为求形象的直观性而牺牲其内涵感情的浓度，因此它是形象但绝不是意象，因为它除了告诉我们白居易眼中的汉陵尺寸大小（如"拳"）这一简单的内容之外没有任何其他暗示和追加。

三、为求合律而不顾文意完整。

这种例证在宋词中很常见，如方千里、杨泽民对周邦彦《清真集》亦步亦趋的模仿，

（1）均见《白香山集》引。
（2）同上。

完全不以语词完整为念：

> 桑柘绿，归去觅前溪。夜瓮酒香从蚁斗，晓窗眠足任鸡啼，犹胜旅情凄。
>
> ——方千里《望江南》

> 朝暮，凝情处。叹聚散悲欢，岁常十五。连飞并羽，未抵鸳朋凤侣。
>
> ——方千里《琐窗寒》[1]

"犹胜旅情凄""岁常十五"，是何等语？方千里词集取名《和清真词》。像这类生造硬凑、文意佶屈的现象，他自己未必没有感觉。问题是他既是"和"，就不得不按周邦彦的规范行事协律就只能凑字了。应该说这是最不尊重感觉的内容价值的做法。另一个例子则见于张炎《词源》：

> 先人晓畅音律……每作一词，必使歌者按之，稍有不协，随即改正。曾赋《瑞鹤仙》一词……此词按之歌谱，声字皆协；惟"扑"字稍不协，遂改为"守"字乃协。始知雅词协音，虽一字亦不放过，信乎协音之不易也。又作《惜花春起早》云："锁窗深。""深"字意不协，改为"幽"字，又不协，改为"明"字，歌之始协。此三字皆平声，胡为如是？盖五音有唇齿喉舌鼻，所以有轻清、重浊之分。[2]

为了协律，语义可以完全相反，把"深"变成"幽"尚且在意义上可以凑合，从"幽"再到"明"，则完全是相反的意象了。张炎可能想以此来显示老父的"晓畅音律"——连平声的轻清重浊也细加划分，但其效果恰好相反，为我们留下了一个以声（形式）害辞（内容），致使感觉丧失的典型例子。

统观上述三种"感觉丧失"，有一个共同点，即它们都不是一种规定类型而是应用

（1）参见《全宋词》第2493页、第2488页。
（2）参见宋张源《词源》下卷。

类型，是一种某诗人在某作品中的偶然技巧现象。因此，如果说它也代表了一种惰性的话，那只是个人范围内的问题而不属体裁范围的惰性，这正是诗、词在上升期和成熟期的必然现象。感觉与形式间的冲突已经导致了某些分裂，但分裂还是局部的、微弱的、不占主导地位的。正如我们不会以白居易的这几句诗不高明而否定他的总体文学成就，也不会以方千里个人的得失就指整个宋词概不足取一样。

随着形式的稳定和对感觉日趋跋扈，非主流的技巧型"感觉丧失"向主流的形式型"感觉丧失"转化。最典型的，即是集句诗、回文诗、檃括词以及各种精巧诗格的出现。这完全是以严苛的形式限制为无上权威，而使诗人自我感觉绝对受制于形式的一种口味。

即以集句诗而论，在唐代以前即有，唐人叫它"四体"，并没有专门的"集句"名称。诗而至于宋，是逐渐走向步趋而难与唐律诗相较。王安石首倡"集句诗"，不但自己有许多数量的作品，有些还以其成就屡为后人所称道。如沈括《梦溪笔谈》称"荆公始为集句诗，多者至百韵，皆集合前人之句，语意、对偶往往亲切过于本诗。后人稍稍有效而为之者"。[1] 王安石最著名的如《胡笳十八拍》，又如"风定花犹落，鸟鸣山更幽"的传颂名句，都是广为人所注目的。如《戏赠湛源》之一：

> 恰有三百青铜钱。（杜甫《偪侧行赠毕四曜》）
> 凭君为算小行年。（张籍《赠任道人》）
> 座中亦有江南客。（郑谷《席上贻歌者》）
> 自断此生休问天。[2]（杜甫《曲江三章章五句》）

无一字无来历，的确是行家手笔。

以王安石的集句诗运动为标志，反观其前和顺观其后，对比一下是很能让我们感受到形式作为生命本体发展的一些哲理的。在王安石以前，集句诗并非没有。《南齐书·文学传》载："全借古语，用申今情……此则傅咸五经，应璩指事。"应璩的指事诗已失传，

（1）参见宋沈括《梦溪笔谈》。
（2）参见宋王安石《王文公文集》卷七九，第858页。

傅咸的"五经"诗据说有十首：分别集《孝经》二章、《论语》二章、《毛诗》二章、《周官》二章、《周易》一章、《左传》一章，都是四言。但到了唐代，集句一式却寂然无闻，宋初才渐渐复苏，有胡归仁、石曼卿的集句，并没有什么影响。直到王安石倡导之后，此体大兴。他自己以集句抒情、怀古、写景、咏物、赠答，无所不用其极，当然是极大地开拓了集句诗的境界。自他以后，诗坛集句成风，较著名的如孔毅父的专集杜诗，李纲的集《胡笳十八拍》，文天祥的燕市狱中还集杜诗二百首等等，都是此中雅逸谈助。甚至集句风还迅速蔓延到词。长短句的词对于诗而言，要集更是何其困难，但苏轼有《南乡子》三首，总集杜甫、白居易、刘禹锡、杜牧、许浑、李商隐等诗而成，至若晁补之《江神子》"集句惜春"、杨冠卿《卜算子》"秋晚集杜句吊贾谊"、辛弃疾《忆王孙》"秋江送别集古句"、朱希真《采桑子》"闺怨集句"等等不一而足，集句之风不盛于唐前而兴于宋，不正是向我们透出形式专制导致感觉丧失的基本立场转移吗？在应璩、傅咸时代，诗尚未有明确的体格，形式格律尚未成形，故而这种尝试被目为"小技"，诗人们有更重要的工作待做。唐代律诗大盛，但因为是自家语，体格恢宏而应用自如，也不屑于这种小技，宋代正逢形式媒介下降期的开始，形式是唐人所立，后辈诗家又无法违反；不得不以感觉丧失为代价去保全形式专制。故而才会有集句诗大盛的可能性。集句盛于宋，又不盛于北宋前期（当时还能承晚唐余绪）而盛于北宋中叶的王安石，这个时间的标志点是颇含深意的。

当然，随着形式媒介对感觉内容的日益压制，下降期的时间周期的循环也有日趋短窄之势。在北宋人专集杜甫之后，又有了专集李白、白居易乃至后人专集苏轼的，愈演愈烈，至清代这下降期的将近尾声，竟然还出现了朱彝尊的《蕃锦集》，专集词句以成一册词集。清朝还有人编过一部方便大家集杜的"天书"，把千余首杜诗拆散按平水韵以句尾韵且排列，作为集杜者最方便的工具书[1]。我曾经收有康熙年间黄唐堂集古句《香屑集》共九百余首诗，俱集唐诗，为示作者的水平不凡，甚至在卷首自序的一篇骈文，也各以唐五代人文句集成并注明出处，如此行径，怎不令人瞠目结舌，不得不为形式专制的气焰拜伏不已？

如果说，对于白居易、方千里那样步履艰难、举止失措的例证，我们不必一定以

---

[1] 转引自罗忼烈《诗词曲论文集》第42页。

一个历史现象的大帽子扣上去，而可以用"偶然疏忽"（方千里的例子显然也已超越了偶然状态了）去进行原谅的话；那么集句诗词作为一个真正的类型化了的例证，明确地向我们揭示出形式制约感觉时，感觉是如何面对这种局面的？在一开始，感觉有强烈的反抗意识并且想方设法为自己争一席地步，即使"预成图式"式的先验效应也不能左右它的自主意识；待到在被漫长而无情的历史不断消磨之后，感觉开始从麻木不仁转向断意迎合。像王世贞、李梦阳等人的口号和《香屑集》《蕃锦集》的为人啧啧称道，其实正是表明感觉被异化之后的必然结果。集句诗只是一个个别现象，古代诗歌中各种杂体诗如联句、离合、回文、建除、辘轳、八音、双声、叠韵、鸟语、药名、地名等等体裁，如果能各个加以考核探究，相信会出现更多证明形式在媒介功能的上升期、成熟期和下降期的种种预期表现的证据的。的确，当律诗的形式规定被作为一种权威象征而存在时，后代人的"自寻脚镣"的奇怪举止是完全可以理解的。因为后代人的感觉已被"脚镣"所制造的审美习惯所扭曲。

那么，意象空间的构型在此中将会扮演什么角色？

如前所述：意象组合是一种内形式——它有两面性。它既为形式存在提供对位的内容（包括感觉），又为内容的选取与思考提供完美的外形。当我们刚刚证明过形式媒介作为生命本体的必有兴衰、感觉也不再是个超然世外的孤立存在而不得不被形式法则所磁化之后；我们发现，意象组合这一"空间诗学"的传统形式基点也无法逃避它的极限的来临，它的存在完全取决于两个物质（感觉－主观面与形式－客观面）的存在，如果我们把诗的创作过程划为以下一个表式的话；那么意象组合的命运也早已与这个表式共沉浮，而不可能单独逸出其外了：

主体　→　感觉　→　表现　→　诗

（基因）　→　（技巧）　→　（媒介）

形象思维　　　意象组合内　　　意象的形式
创作冲动　→　形式的位置　→　呈现

既然上述几个环节之间的关系是控制与反控制的关系；那么很简单，媒介形式的衰微必将会反馈到意象组合这个内形式中来，与它同时归于毁灭，意象空间自身看来在劫难逃。倘真是这样,对"空间诗学"的讨论还有什么价值?形式格律的存在是一种与意象构筑同步的存在,伴随着律诗的退出历史舞台、意象空间难道还能独善其身、自保无虞?

在西方诗人还刚刚像发现新大陆那样把意象这个元素引进诗坛并赋予它旺盛的活力时,它在中国却已濒临绝境,这个矛盾的现象确实令人费解。时间与空间交叉而成的无情的客观,正在不同的地域为我们导演两出戏。一出是刚开锣的轻歌剧,一出却是令人压抑的悲剧并且将近尾声。

造成这种时空差的相错现象,我以为还是形式媒介与感觉预期作为本体构架所面临的不同环境所致。按系统论的启示诗歌作为一种本体存在,是一个不断与外界环境交换物质、能量和信息的开放系统。它必须吐故纳新、新陈代谢,才能在环境中保持自身独立性格和本体不遭扭曲。在任何一个系统中,平衡态的存在总是极短的瞬间,而此起彼伏是恒常现象。所谓发展,正是以起伏即不平衡为前提的。系统如不开放,不与本体外部进行交换,则无法获得能量与信息,能量的匮乏使系统不能有效地向前推进,而信息的匮乏则使系统不知道如何修正自己的航向。因此,交换意味着自我调节和自我适应、自我组织,还意味着自我发现,它是系统本身具有生命活力的唯一标志。

诗所面临的外界环境,不外乎如下几种类型:一是生活与社会;二是语言环境;三是传统文化观。作为本体的诗所需要的交换对象,这三者自成系统,它们与诗这个系统所构成的是一个套层关系。如下图:

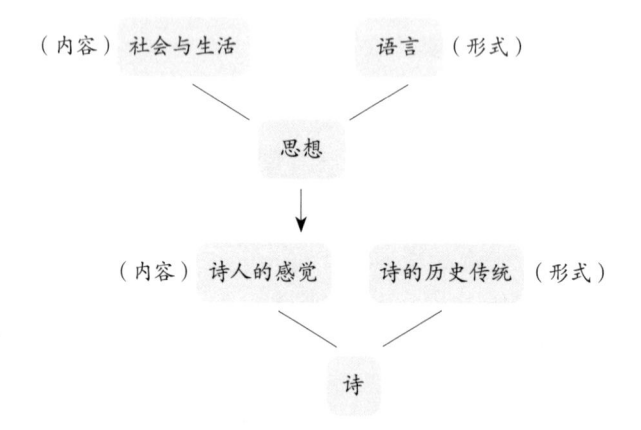

```
(内容) 社会与生活      语言 (形式)
            \         /
             思想
              ↓
(内容) 诗人的感觉     诗的历史传统 (形式)
            \         /
              诗
```

在这个表中可以看到:相对而言,形式这一端总是相对稳定的。语言形式不会三天一变，诗的历史传统更不会朝令夕改。它们都具有恒常性，因此它们都属于诗的本体内容之一。而内容这一端却是变化万千，社会与生活特别是个人生活的丰富性，从中引出的感觉与思想的丰富性，都具有鲜明的应变性。诗在这两端中当然取中立态度，但实际上作为系统，它与形式之间的交换频率不会太高，收效也不会十分明显，而与内容之间的交换却是日日更新。甚至我们不妨可以说，当诗作为诗已经成立（它必然已包括形式并以形式为主要标志）之后，它的主要外界交换对象正是内容所属的一端——不但思想和政治经济形态是对象，就是相对于诗的小说、曲子等等也都是一种社会生活，西方诗的形式启示在律诗的立场看，也正是一种社会意义上的启示。

语言的存在是一个符号形式的存在，但在诗的形式格律对比下，它又被转换成思想的"外形"，变成内容以对格律存在提供社会支持。由是，我们只要根据系统的反馈调节同样可以改变本体价值观这一原理，看看这三个外界存在是否对诗的存在提供支持，便可大致判断诗的形式系统是否具有活力。很显然，大凡能提供支持，则证明交换渠道的畅通无阻，如果支持中断，则交换渠道堵塞。

唐诗宋词所面临的社会与生活并不是大工业环境。风花雪月和边塞诗题材乃至"朱门酒肉臭，路有冻死骨"，写的正是当时的生活和社会现实。而在现代社会中则不再存在"绢成匹""丝盈阶"那样的价值观念与方法叙述观念。更没有"漫自惜鸾胶，朱弦何在；暗藏罗结，红绶消香"[1]那样的构景习惯和兴叹意识。因此，现代人写格律诗难于讨好，正是因为现代人的社会生活以及意识、观念等等不能与格律诗的系统进行交换，所具有的信息质量和动力质量都恍若隔世，当然无法交换了。

唐诗宋词所面临的语言环境在当时也是与客观存在十分吻合的。语序的规律如古汉语，正与当今的白话文相反。"我从未见过"这句话要是在古文言中，习惯于倒过来："吾未之见也"。目的格在否定句中常常置于动词之前而不是按惯例随于其后。"三两银子"在文言中则要成为"银三两"。通常地说，唐诗的句法虽然变化极多，毕竟与当时社会用语密不可分，宋词虽然因为唱的关系有些地方生造句子；但它又有另一种成功的补救如多用衬字："酩酊也，冠儿未卸，先把被儿烘。"[2]这"也"和两个"儿"字即是

（1）宋康与之《风流子》，《全宋词》第1307页。
（2）宋康与之《满庭芳·冬景》，《全宋词》第1309页。

衬字。它有效地限制了词不至于离生活语言隔阂太远。但在白话文通行的现代，这种古汉语语境中的句法和描绘法都很难引起欣赏共鸣了。研究者当然觉得不妨事，对文学创作而言，它却是个大大的阻碍，因此在语言范式中两者也很难进行交换。

只有在传统文化观这一点上，诗词还有些许交换的活力。汉字的共同起点使我们对《唐诗三百首》还能乐于吟诵而不疲，并在理解古人的审美时不至于感到太陌生。但困难也仍然存在，历史文化传统是个相当大的概念，诗并不能直接与它（作为整体）进行对流，而只有与它的某一部分产生对流的可能性。比如，要用律诗与书法去"交换"，则双方所能获得的能量与信息都将远远逊于诗与词之间的交换。理由很简单，因为后者是在同类项之间进行的，基础既已相近，所遇到的课题也相对一致。因此，即使是这个文化传统，诗所能寻找到的高效率的伙伴也十分稀少。

律诗及词的各种进退维谷的处境，首先是因为它的形式过于稳定的原因，但这还不是唯一的理由。另一个理由则是诗的形式客体与感觉主体之间始终不能平衡。

感觉的存在是一种永恒现象。即使没有预成图式对它的异化，不表现为诗的感觉，也可以表现为绘画的、或书法的、或音乐的感觉。在这个意义上说，它确实是种比律诗形式永恒得多的现象，只要社会存在它就存在。但是在一定的条件规定下，感觉又更多地表现为瞬间变化性而对比出形式的恒定性——我们可以把这两种感觉归结为感觉质的恒定与感觉形态的变化这样一对结论。

感觉的适应性强，成活率高，自我构筑的潜在能力也非常卓越，这不得不依赖于社会生活对它的不断提示，不断充实。而形式则一经确定就无法更改。精神态与物质态之间的差距，在感觉与形式的对比关系中呈现得最为典型明确。当无法更改的凝固态的形式被不断发展的社会、文化逐渐抛置身后时，原有的感觉并没有同时死亡，其中一部分被异化的感觉至死不易其主，甘愿与形式同归于尽。另一部分尚未被异化——离生活与人的主体性格最近的感觉则仍然保持了内核的活力而只损失外壳。正是它们的改头换面带来了感觉质的持续与繁衍，并以老资格的"过来人"姿态对新生活感召下出现的新伙伴进行反复影响，引诱它们与自己保持一致。这种感觉的嬗递保证了文化传统的嬗递和外观形式的嬗递，它是事物运动发展最内核的轴心部分。

时空差的存在主要基于上述两个基点的差异存在，在与诗的本体构成外界交换对象的环境中，我们看到了诗的形式的停滞与社会、生活、语言、文化机制运转之间的矛盾；

在与诗的本体构成内面的思想内容交换对象的感觉中,我们又看到了形式的停滞与诗人个体感觉更替活跃之间的矛盾。前一个矛盾以格律形式为主体而以环境为客体;后一个矛盾则以格律形式为客体而以个体感觉为主体,不管向外还是向内,形式的步履蹒跚、行动疲缓似乎使它必然落后于任何一个参照对象;

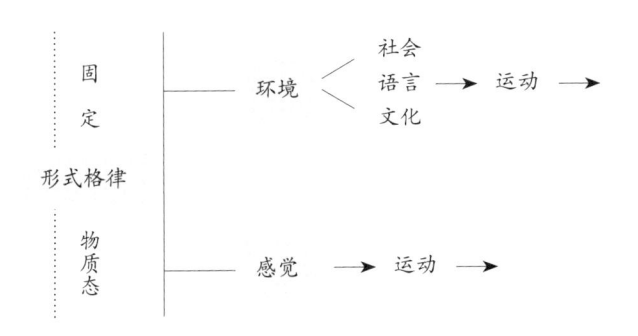

```
          ┌─ 固    ─── 环境 ─< 社会
          │  定              语言 ──→ 运动 ──→
形式格律 ──┤                  文化
          │  物
          └─ 质    ─── 感觉 ──→ 运动 ──→
             态
```

时空差把形式凝固在一个点或历史的一个切面上,构成一个空间形态,而把它所凭借的两个基础则放置在一个时间长度上让它们周转运动。这就是形式必然会落后于主体感觉和客体环境的主要原因。当然,一个令人发噱的偶合则是:形式在一个切面上构成空间,这正是我们研究寻觅已久的又一极好证明:空间诗学理论构架的确立,即以形式为展开的立足点。格律作为它的外形式,意象构型作为它的内形式,共同成为"空间诗学"的两大支柱。

伴随着形式在历史中的落伍,诗的走向新格局势在必行。寻求新本体、寻求能与当代的社会、生活、语言、文化机制展开对话的新形式,已成为关系到诗作为系统能否适时生存的生死攸关的第一位课题。正是在这样的思考起点上,新诗崛起了。与旧式的完美精炼的格律诗这一足以令人深情缅怀的古形式相比,被迫向内外对象摄取能量与信息、物质的生存危机似乎使诗人们不再有娴雅心情去留恋缅怀。当然,个人是一个有限的存在,相对于历史发展的宏观理智选择而言,个人的一切所作所为都是盲目的。历史把每一个人都圈定在某个具体位置上,给予十分短暂的生命活力,故而任何人都不能为后几百年发生的事件负责。但格律诗趋于衰颓的忧患意识却像最稳定的遗传因子,深深积淀在深沉的民族文化的群体意识之中,并作为一种创作的本能反射到每个个体的创作活动中。虽然审美惯性的制导能力是极强大的,但纵观每一轮历史循环的起止转换过程,无不以审美探究战胜审美惯性的惰性控制而告结束。而且每一次的战胜都是以某几位诗坛大师的崛起与笼罩为标志，这并不是大师们的自我意识中有多少清醒的反省与深刻把握能力（他们作为个人是不可能有这样的能力），也不是审美探究本身具有比审美惯性强大多少倍的艺术能量（相对而言，审美惯性背靠着实际存在的各种形式成果，而审美探究则面对未来的茫茫太虚，它的实力远远弱于前者），最重要的，正是诗的本体渴求生存的本能。

同样的，新诗对格律诗毫不留情的沙汰，也不是新诗人们有先见的超人智慧，或是新诗的艺术魅力一定胜于格律诗。而应该是诗在新的社会生活语言和感情环境下试图保存自己不遭灭顶之灾的一个迫不得已的选择。在本书反复论及过的意象派诗歌向中国格律诗取法的事例为读者所了解的同时，我们不禁又想起了日本俳句对西方的影响。在20世纪初，法国人保罗·路易·库舒曾到日本，回国后专门向法国介绍了日本俳句，论文题为《日本的抒情短诗》，发表于《文学》杂志，在法国引起了一阵仿效俳句之风，不但文化人竞相仿作，甚至连法国一些女子中学还以写俳句为必做练习，《新法兰西评论》还专门举办"俳句比赛"。至于在英、美，它也被与自由体诗结合起来，成为现代派诗歌的一个重要支柱。英美的俳句理论家还大量涌现，并有一种关于俳句"复式模式"的理论产生。所有这些，都被认为是日本俳句对西方文化所做出的最成功贡献。

但是，正像中国格律诗被意象派诗人奉为至宝，而在本国却每况愈下一样；俳句大量引进西方，而它在日本本国的境况却非常令人失望。俳句的日益失去追随者似乎是当代日本文学所不得不承认的痛苦事实。对于使用现代日语的民众来说，形式上的束缚及句风上的僵化是与现代生活格格不入的。千篇一律的刻板重复和平凡庸俗的因循守旧以及它的只限于"花鸟讽咏"的题材限制，使它与社会越来越远。同样的，在俳句经过松尾芭蕉、正冈子规[1]等高峰时期之后，俳句的形式格律也使它日渐羸弱，走向了它的尾声。

英国的意象派与法国的象征派对律诗和俳句的嗜好，是否仅出于一种个人的兴趣动机呢？也同样的，这种对异域文化的嗜好也正证明了西方诗坛本体构架的日趋贫乏保守和僵化。如前几章我们在对比语言的"顺时序"与"非时序"、文字字面上的形象化与叙述化的差异时所指出的那样：荷马史诗式的叙事文学几乎是一种排列整齐的散

（1）松尾芭蕉、正冈子规，日本历史上俳句名诗人。被作为俳句的象征为人们所崇仰。

文，它几乎没有什么意象处理的技巧，更遑论构架的存在。抒情诗对于感情的尊重是一大进步、向真正的诗跨出了关键的一步，但限于语言与文字以及叙述传统的基础规定，它的意象呈现十分有限，浓度与密度也还在一个很初级的地步，作为诗的完整体格还是很有欠缺的。近代西方的后结构主义文学家们号召让读者来参加文学活动，把"消费"变成"生产"，并提出最晦涩难读的作品则最便于读者参加创造，于是掀起了一场颠覆语言句法结构的文学"革命"。这种革命当然有深刻的观念更新背景与哲学背景，但它的潜在针对性却是显而易见的。没有长时间的叙述性格的语言文字控制与文学模式控制，反叛绝不会有如此的决绝和走极端。这是一个十分辩证的道理。当然，像法国"新小说"运动这样专以晦涩为尚的文学浪潮，其本身生命力并不旺盛，它的本体价值远不如它作为冲击方式的价值，而这种冲击方式之所以能在接受屏幕很少予以合作的情况下思得一逞，无非也正是利用了长期压抑在人们文学潜意识中的对叙述性文学的厌倦。由此而想到中国诗中一部分分离语句的探索倾向，中国诗人完全没有必要去故弄晦涩难懂的玄虚，因为在中国文化的机制中并没有一个叙事诗的漫长传统在钳制着人们的审美，而中国的汉语文字本来是"视觉"性格的、富于造型能力的。既拥有这样的文化基础，我们不必去跟在西方诗后面东施效颦。

中国诗也有自己立场上的厌倦与抗争。立足于我们的意象构型的研究立场并以意象为中线，我们看到了中、西诗人的各自思考、反叛与向往正呈现出一个对流的态势。

中国现代新诗的反叛同时针对两个目标，一个是传统的格律诗词的直接目标，一个则是西方叙事史诗式的间接目标。在这两个目标中，我们看到的是两种不同的立场基点：在以古典格律诗词为目标时，新诗牢牢抓住言文不一这个文化现象早已消失、今天的语言与白话文早已协调一致这一事实存在，强调诗学本体系统对外界进行交换流通的生命活力的重要性——这是一种实质表现为古今之争而立足于"今"的倾向。在以西方叙事诗为目标时，新诗则准确地把握住了叙事诗所依赖的叙述性语言这个西方文化基点，把它与中国诗所依赖的视的语言进行严格区别，并在自己的创作进程中尽量削弱表面模仿的痕迹，如果说在辛亥革命开始直到20世纪三四十年代，像郭沫若、戴望舒、徐志摩、李金发等人的实践由于初次上阵，还无法完全摆脱向国外诗如象征派诗歌或抒情诗等进行临摹的痕迹；那么在现代，崛起的新一代诗人却已对这种体式失去兴趣、而转向更具有高度的新的形式追求。比如北岛《雨夜》：

以往的辛酸凝成泪水，

沾湿了你的手绢

被遗忘在一个黑漆漆的门洞里。[1]

  这样的意象结构的凝练度和切割性，是20世纪20年代诗人们所完全无法企及的。它相对于格律诗而言，当然是在语言的句法关系上交代明确些，似乎叙述性强些，但它的意象浓度却是令人叹为观止的。品嚼之后，意象背后潜藏着更多的倒是中国诗的传统而不是叙事诗传统——尽管立足于中国文化背景我们更习惯于强调它的表面的叙述性，与上述相比，则它表现出一种实质上是洋中之争而立足于"中"的倾向。

  西方现代派诗如意象派诗歌的反叛也同样针对这两个目标。在以传统的叙事诗为目标时，意象派诗牢牢抓住叙述文学形式与诗日趋分离、并且即以小说等纯叙事体裁而言，也开始厌倦句法交代过于清晰的"顺时序"方式这一社会文化现象，强调诗应该是诗，它应该以诗人的意识来表达生活而不是以生理意义上的印象来表达，这是一种试图建立诗的本体构架的突破性尝试。相对于西方文化的自身而言，这也是一种古今之争并以"今"即现代西方文学观念的取胜为标志。在以中国格律诗词为目标时，诗人们则具有先天的文化基点，他们只撷取律诗对意象的成功处理的法则，并有效地汲取了构型的空间观念，而在表层的语言媒介上，他们却完全不属于亦步亦趋地仰慕中国气派，语言文化传统的先天隔阂这一物质存在是个绝对界限，意象派诗人不会以卵击石。关于这一点，我们也可以举出著名的庞德译诗的例证。在上述的脱节翻译法被运用后不久，英语世界中的诗人和读者即对此表示大谬不然，因为它太中国化，离语法严谨的表音文字差距太大。应该说，这只是庞德陷入"象形文字"理解陷阱的一时迷误而已。在他的另一些译诗中，他对本体语言的驾驭及与中国诗的意象结构结合之间有着极好的处理效果。汉武帝有《落叶哀蝉曲》：

罗袂兮无声，玉墀兮尘生。

（1）北岛、舒婷等著《探索诗集》，第35页。

虚房冷而寂寞，落叶依于重扃。
望彼美之女兮，安得感余心之未宁。[1]

庞德从翟理斯的《中国文学史》的英文本中找到这首诗，他把翟理斯的原译作意象式的修改，改译后的诗翻成中文是这样的：

丝绸的窸窣已不复闻，
尘土在宫院里飘荡，
听不到脚步声，而树叶
卷成堆，静止不动，
她，我心中的欢乐，长眠在下面：
一张潮湿的树叶粘在门槛上[2]。

原诗的第四句在译诗中被移到了最后，原诗中作为一般情绪渲染的局部意象在译诗中成了笼辖全诗并与主人公产生某种跳跃暗喻的总体意象。因此，这种诗作的语句习惯无疑是西方式的毫无牵强搬袭之感的。而它的意象组合也经过了诗人自己的独特发挥；只是最重要的一点：组合的性质与中国诗是同一特征的。我们在这里看到的是有机而灵活地运用中国诗的构型方式（绝不是构型现成结果）。正是它的存在，使西方意象派诗歌的存在仍然不失为一种本体的存在，本体的存在与附庸的存在，其间具有质的区别。那么同样的，立足于西方文化的本体立场，这也是一种西、中之争而以"西"为主导的倾向。

把这两种对流的脉络清理之后，可以划出如下两个图式以方便比较。新诗与现代派诗所遇到的是一个同处在地球文化背景中的共同问题：

① [西方现代诗]：

（1）参见清沈德潜《古诗源》卷二第41页。
（2）参见 Herbert A. Giles *A History of Chinese Literature*，赵毅衡汉译。

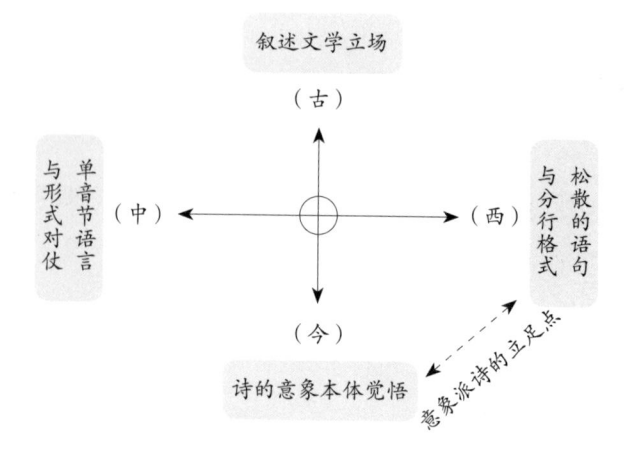

```
                    叙述文学立场
                       （古）
                        ↑
单音节语言          │          松散的语句
与形式对仗  （中）←─┼─→（西）  与分行格式
                    │
                    ↓
                  （今）
                                    ↖ 意象派诗的立足点
              诗的意象本体觉悟
```

② [中国新诗]：

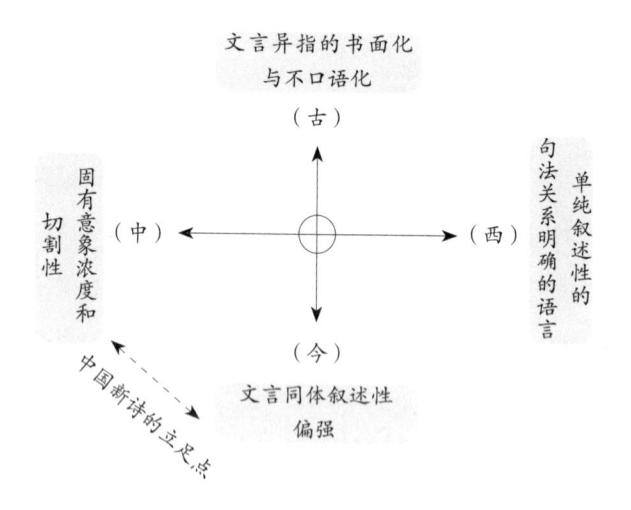

```
                  文言异指的书面化
                    与不口语化
                      （古）
                        ↑
固有意象浓度和      │         单纯叙述性的
切割性      （中）←─┼─→（西）  句法关系明确的语言
                    │
                    ↓
                  （今）
        ↙ 中国新诗的立足点
              文言同体叙述性
                  偏强
```

两相对比，它们的位置正处在同一个纵横轴心的相对位置上，时代的标记是它们共同率先把握的不可动摇的基点——以与环境外界展开物质、信息和能量交换而不使自身丧失生命活力。而各自的本体意识则正是各自的文化传统根基，两方面都不希望脱离所处的具体环境——以便能获得最理想的接受屏幕。这个传统文化根基的最外观标志，则是各自的语言基点。我们前述的诗的不同风格的差异完全取决于它的语言起点，看来即使是在诗的发展方向的选择上也起决定性的作用，也正是在这一认识上，我们才对索绪尔的语言学研究在西方文化历史上的重大价值倾慕不已。或许，没有他的语言的"历时性"与"共时性"的结构分析及随之而来的结构主义哲学观、诗学观的盛行，西方诗人们根本不会对叙述文学如此具有清醒的认识和极端的反叛。结构主义分析是西方诗步入意象新纪元的一把金钥匙。而这把金钥匙却是来自语言学领域的恩赐。

这是就比较的基本立场所做的估价,如果再把它引向更具体的"空间诗学"的论题,引向本书作为主要论述点的意象构型论题,则从诗的形式立场出发,我们还可以对上述结论再做进一步的补充阐发:当然,是抛开历史嬗递的各种因果关系的形式角度的阐发。

中国新诗的走向现代感、走向生活,必然要摆脱已经成为过去的、僵滞的表面形式束缚,亦即是摆脱古代律诗那种一对一的机械对偶方式,并且走向逐渐舍弃四声和依韵部查韵的被动方式,但对于中国诗的灵魂:意象结构,则仍然不会放弃,这仍然是新诗赖以立身存照的根本。就像中国新诗仍然摆脱不了汉语这个语言媒介一样,后一个前提决定了前一个目标必然是最佳目标。当然,伴随着机械的格律形式在现代的被冲破,这种意象构型也不再强求与表面语句完全对应以显示其精致度,而是趋向于伸缩弹性更大的灵活结构方式。使意象空间虽不表现为直接的语言空间,也能具有潜在的深层构型意识。并且,它的与当代语言应用的同步也是必然现象。从言、文脱节到言、文同步,从古典律诗的基本非时序走向白话文学的基本顺时序,规定了字面对偶的视的特征将在现代文学环境中的逐渐削弱自身强度,如果说,现代文学的氛围使诗必然趋于摆脱表面文字构筑而走向思维构筑,是一种文学艺术的追求的话,则文字语言的要求反映为诗的文字媒介格式的自然流畅特征,应当是一种实用基础的限制与规定。前者是专业化的,后者则是社会化的。

西方现代派诗的走向意象构筑,是基于它的古典作品在语言运用和意象构筑意识方面太过散漫和零乱,这种状态的走向极端则表现为诗不像是诗,完全缺乏本体性格。事实上,在尚未完全觉醒的抒情诗阶段,那时并不存在中国律诗和日本俳句的引进和作为参照系构成对比,但那时的抒情诗人已经敏锐地感觉到了叙事诗形式的先天不足,并且已开始逐步向意象构成这一方面做出哪怕极其有限的尝试,只不过限于他们的语言环境和文学传统,这种尝试不那么奏效也不可能奏效罢了。以中国诗和中国诗的引进为契机,西方现代派把诗坛郁积已久的意象构筑渴望充分地引发出来,形成了一个强有力的建立诗学本体意识的"革命"运动,力争在表层语言、文字形式中和分行形式中更多地表现出构型的痕迹。因此,这是一种立足于叙事诗传统而寻求意象元素支持的努力方向。当然，它也与它的传统语言拉开了距离，句法十分严整的语句变为句法"脱节"的、但意象空间构成较为明显的语句，诗被赋予意象空间以更严整的构架。至于诗与语言之间的种种关系，我们也看到了一种反向：鉴于西方语言与诗在古典时期是表现为言文一致，当代现代派诗人则追求言、文的脱节（当然是有限的、以语言性质为基点的表面效果的脱节），具体则表现为从基本顺时序走向现代诗的相对非时序。

我们的比较诗学把东、西方诗歌作为两大类型进行对照之后，可以列出如下一张具有结论意义的对照表：

	中国新诗	西方现代诗
意象表现	从原来的"明"（格律对偶）走向"暗"（语言散文化）	从原来的"暗"（叙事文学式）走向"明"（语言诗化）
构型方法	从意象板滞对称走向意象灵活构筑	从意象散漫无序走向意象精炼紧密
创作目标	突破意象的表层文字的僵硬束缚	建构意象的严整空间构架
语言起点	从言文脱节（非时序）走向诗与语言同步（顺时序）	从言文同步（顺时序）走向诗与语言异指（非时序）
总体趋向	以束缚为出发点的追求自由	以自由为起点的追求约束

→完整的意象空间的内核←

通过这一明确的对照可以清醒地认识到，尽管东西方诗所取的是完全相反方向的似乎对立的目标，尽管我们在表面上看到的是水火不相容、针锋相对的唱反调，但事实上，这种唱反调只是一种表面现象而已。之所以会唱反调，是基于双方的文化基点完全相反——其中特别表现为语言媒介与文化传统的表现形式完全相反。但是，双方从各自对立的立场上做出相反的努力，却反而把互相间的距离缩短了。不管是什么语言环境，只要是诗，意象结构这个目标即是个恒定的存在，即使当时不表现出其重要性，在漫长的历史某一点上也终究会呈现其影响价值所在的。由是，东西方诗人似乎是在一条道的两个终端上起跑，目标互相指向对方，他们的起跑必将在某一个交叉点上相遇，这个相遇点，正是双方的意象组合构筑在诗的形式与内容中呈现出最完美的一瞬间，当然也即是诗的语言与格律结合最成功的一瞬间。

"无执故无失。"最完美的一瞬间从生态学角度上看，也即是诗走向自己发展极限的标志。当这个一瞬间完成后，诗也就完成了自己的文学使命，逐步走向衰落和归宿，诚如人的从智力体力都达到最高峰的青壮年时期走向老年一样。但即使到了那时，诗的精神也依然不灭，作为我们这一认识层次和社会层次上的诗的形式也许是应当隐退了；但更高层次的诗或者叫其他什么文学形式的模式又会产生，文学赖此生生不息，社会和生命、宇宙也赖此生生不息。如果说诗作为一种外在载体的躯壳可以有生老病死的话，那么它可以比作一个个体的人的从出生到死亡，而文学一思想的存在和循环不止则犹如人种繁衍不灭一样。它是永恒的。即使有一天，诗和文学作为个体的人的存在，伴随着地球的崩溃而覆灭，那么只要宇宙天体不灭，也还会有另外一些行星在取代地球的功能。"物质不灭"定律在文学史上和诗史上的启示价值，即在于此。

提出"空间诗学"这样一个概念，强调东西方诗学从不同方位寻找同一个"意象构筑"的目标，这并不是我的异想天开或心血来潮；也不是我试图为中国诗或西方诗的取向提供某一片面的理论支持，更不是有意让我的理论归结和预测去成为指导诗人们创作实践的条例。事实恰恰相反，"空间诗学"的存在是一个客观的存在，我们在第五章大量的抽样分析中已经可窥端倪，只不过古人和现代诗人们对它缺乏理论上的理性认同罢了。本书提出"空间诗学"这一意象构筑这样一个命题，主要是想提出一个思考的空框（当然是言之有据而非幻想的空框），使诗人在对诗的本体性格进行重新认识时能有个较前人更高的起点，让出于各种需要、来自各种立场的人都能有效地利用它的思辨价值。

期待某一种理论构想作为条例去指导诗人的创作实践，是愚蠢的。"空间诗学"理论的提出，绝不是试图为诗人们强加一种模式并对他们的创作实践进行格式的规定。如果是那样的话，这个理论就是个失败的无可救药的理论。恰恰相反，空间诗学理论是一个帮助启发诗人（及一切人）对诗歌现象进行深层认识的思考媒介。至于在创作中该如何去做，则仍然是诗人们自己的事。不从自己的文化传统、语言背景、发展程度以及各种角度对诗进行深入的具有个性的阐释与理解，以为仅仅靠"空间诗学"对诗的构成分析，并且以此中框架为现成格式把自己的思想对号入座，填充入内，表面上看起来似乎是空间诗学最忠实的实践者和追随者，实际上却恰恰最大限度地曲解了它产生的根本目标。即使是我们对一些诗作（无论是律诗与词、英文诗、俳句和歌、意象派诗和中国新诗）进行的分析，也决不能代表"空间诗学"理论分析性格的全部。我们的分析只是这一性格在某些场合中的应用，而绝不是分析的结论。比我们所做的更为丰富、更为深刻、更富有构筑性的分析方法的宝藏，还等待着众多的同道去发掘。

——是理论思想的总结；

——而不是创作实践的直接指导条例。

前者的目标使我们的"空间诗学"条理化、体系化；后者的目标却使它模式化。任何一个理论家都希望看到严谨的条分缕析的思想"空框"并从中深受教益；但任何一个诗人都不希望自己被一种高高在上的理论模式全面支配。"空间诗学"理论是前者还是后者？我希望它是前者，因为前者的信息量大、价值高。但我想，取决于它的归属的，不仅仅有我的阐述问题，也有读者如何审视它的问题，在这个理论多元化的时代，它究竟有什么样的价值？得失成败，只有请读者对它做出判断了。

后　记

我的本职工作并不是诗学研究。在1979年成为陆维钊、沙孟海先生的书法篆刻研究生之后，研余得暇也常常写些古典文学论文，以后留校任教也一直未有辍止。当然那时兴趣主要在古典诗词方面，涉足诗学也不太讲究面面俱到。

1985年初，高国平先生路过杭州，我们做了一次深谈。他希望我能搞一本小册子，关于诗学方面的，其时我已不太满足于专搞古典诗词，两年间又写了40万字的《宋词流派新探》，自觉想告一段落，其后兴趣已转到比较文学方面，并把它运用到我的专业书法篆刻上，发表了一些论文，在书法界引起一些反响。遂与高国平先生商量，所约的题目希望能改为比较诗学方面的。承他鼎力支持，遂开始动手，由于我译过《日本书法史》（已于1984年出版），又对西方意象派新诗也很注意，故写来颇觉顺手，阅一月即告完成。丁卯年初正值寒假，抽暇又修改润色了一过。

关于比较诗学，钱钟书、朱光潜等老前辈早就有成果问世，朱先生还有《诗论》专述之。我这本小册子只是个人的一些诗学心得。当然，时代不同了，我现在关心的一些课题如日本俳句的问题，又如20世纪70年代末80年代初的中国新诗发展趋向问题，老前辈们的书中尚未涉及，把它们纳入比较诗学范围，也许对我们的研究有些参考价值。我衷心希望这本小册子能在当今的诗学界引来一些批评。"抛砖引玉"虽然是句近乎俗滥的客套语，但对我这样的诗学领域中的"反串角色"而言，却是千真万确的心里话。"书法热"的大好形势使我案头文债山积、疲于奔命，对于早先的古典诗词的着迷程度也大打折扣。因此我第一个感谢上海文艺出版社的同志热心催促并在百忙中抽暇审定此稿。当然，话又得说回来，"书法热"对我的诗学研究也并非一点好处也没有。前些日子，启功先生间道抵杭参加各省博物馆藏品鉴定会，晚上驾临寒舍，品茗围炉，问我有何近作，我即出示此稿并拈出目录请启老过目，他见之欣然鼓励。以启功先生为中国书法家协会主席，又曾在 20 世纪 50 年代撰有《诗文声律论稿》等古典诗学名著，能获老前辈如此厚爱，当然是更应该感谢他老人家对后学如我的鼎力提携的。

1987 年 2 月

陈振濂并记于浙江美术学院

图书在版编目（CIP）数据

空间诗学导论 / 陈振濂著. -- 上海：上海书画出版社，2020.4
（陈振濂学术著作集）
ISBN 978-7-5479-2303-0

Ⅰ.①空… Ⅱ.①陈… Ⅲ.①诗歌研究 Ⅳ.①I052

中国版本图书馆CIP数据核字（2020）第056931号

丹青品格 怡养我心

敬请关注上海书画出版社

陈振濂学术著作集

空间诗学导论

陈振濂 著

责任编辑	朱艳萍　张怡忱
编　辑	李柯霖
审　读	雍琦
责任校对	朱慧　黄洁
特约校对	冯彦芹
整体设计	瀚青文化
技术编辑	包赛明

出版发行	上海世纪出版集团 上海书画出版社
地　址	上海市延安西路593号 200050
网　址	www.ewen.co www.shshuhua.com
E-mail	shcpph@163.com
制　版	杭州立飞图文制作有限公司
印　刷	浙江海虹彩色印务有限公司
经　销	各地新华书店
开　本	787×1092 1/16
印　张	11.25
版　次	2020年6月第1版　2020年6月第1次印刷
书　号	ISBN 978-7-5479-2303-0
定　价	58.00元

若有印刷、装订质量问题，请与承印厂联系